GEN

傘も差せない不安定な乗り物の上から

BIKER NOVEL

著者 大森茂幸

目次

傘も差せない不安定な乗り物の上から

「昼下がりのカフェでのこと」

中年というよりも初老に近い男2人は、その場所には完全に似つかわしくないお互いの病気と飲んでいる薬の量を、まるで自慢しあうかのように話している。

「尿酸値の薬は相変わらずで、最近はコレステロールがどうだとかいう薬が増えたな」

権之助坂に面したオシャレなカフェは中目黒や代官山とはまた違う雰囲気だが、それでも女性客が多い。桜が散り青葉が鮮やかな初夏、目黒川沿いの桜並木の名残の花びらが飛んできてはテラス席に座る人たちを和ませていた。

「血圧の薬はよ、今まで2種類だったのが1種類に減ったんだよ。だから数値が良くなったと思ったら、『芳しくないから強めのやつに変えましょう』だってよ。種類は減ったが強くなったらしい」

初老の2人組は意識的にではないだろうが、カフェの店員に案内された一番奥の自然光の当たらない薄暗いソファ席でぼそぼそと、病気自慢をしている。

ひとりはネクタイはしていないが上品なダーク系スーツで、真ん中で分けられた髪の毛は白髪が目立つが量は豊富で、見た目は企業の重役に見える。東京育ちで江戸っ子らしい少し乱暴な口調と、鼈甲《べっこう》の高級なメガネをテーブルに置いてごしごしとおしぼりで顔を拭く動作がやはりカフェには似合わない。

もうひとりは黒の厚手の布で膝の部分が二重に作られたアメリカ製の作業ズボンに、編み上げのゴツいブーツ。黒いTシャツにネルシャツ。どう見ても真っ当な社会人には見えない。

服装は両極端な2人だ。年はお互い65を越えている。それでも2人とも「還暦前」でも通用する見た目だ。

「まあお互い薬漬けな余生ということだな」

重役風な男がもう一度顔をおしぼりで拭く。

「由紀夫はまだバイク乗ってんのか？」

おしぼりを丁寧に丸めてテーブルに戻し、アイスコーヒーをチューチュー音を立てて吸いながら重役風は尋ねる。

「つまらない質問するなよ。乗るために生きているんだよ」

ラフなスタイルの由紀夫と呼ばれた男は、冷静に言い聞かせるように話す。

「バイカーだっけ？」

「そうだ。バイカーだ」

「バイカーって何なんだ？」

重役風はまるで経済新聞の中に書かれた知らない言葉の意味を秘書に尋ねるように聞く。

「門外漢に話してもしょうがないんだがな」

由紀夫はテラス席が初夏の逆光で眩しく輝き、そこに人の姿を認められないことに気がつき、若い頃ならこんなことはなかったのにと視力の衰えを実感し、老眼鏡もそろそろ「＋三・〇」にしなければと考えながらも、重役風男に説明する。

「俺たちはバイクを、ハーレーを中心に置いた生活をしているんだ」

もともとアメリカから始まったのが「バイカー」という生き方である。アメリカのバイクメーカーである「ハーレーダビッドソン社」製のバイクに乗り、それを中心に生活をする一部の人たちを「バイカー」と称している。

「生活の中心とはどういうことだ？　ハーレーで新聞配達をしたり、あるいはピザの配達などをしている人たちか？」

「ははは、そりゃあいい。それは確かにバイカーだな。でも実際にそれは無理だろ。精神的な支柱がハーレーと言えばわかりやすいか。ハーレーで旅をしたり、ハーレーでミーティングという大勢のハーレー乗りが集まる場所に行ったりする。ミートするんだな、出会いだよ。それがミーティング。まあ最近は単なるお祭り騒ぎだがな。それを中心にしているというのがわかりやすい」

「じゃあ稼ぎはどうする？」

「旅に出たいと思った時に休めるような環境で、毎週必ずどこかであるミーティングのためにいつでも好きに休めるような仕事を選ぶ。そういう意味での生活の中心なんだよ」

「なるほど。それで由紀夫はレザークラフトか。食えているのか？」

「まあぎりぎりだ。経済的な余裕よりも人生豊かに。だらだらしている落伍者だと思われようと、それも一理ある正しい考えだ」

あれほど輝いていたテラス席がにわかに薄暗くなり、おかげで外の様子もしっかりと認識できるようになると、大粒の雨が権之助坂のアスファルトに叩きつけるように落ちる。

「キャー」テラス席で昼下がりの心地よさを味わっていた近所の主婦らしき数人が、小さな悲鳴を上げて店内に逃げ込む。

その光景を見ながら重役風な男が、

「バイカーね。オマエと一緒に会社立ち上げた時には確かにバイク好きだったけれど、そこまでのめり込むとは思わなかったよ」

重役風は本当に重役で、日本で十本の指に入るアパレル会社の社長、栗原雄一。その会社を40年ほど前に一緒に立ち上げたのが由紀夫だった。会社は順調に業績を伸ばし、デザイナーだった由紀夫も「時代の寵児《ちょうじ》」ともてはやされていたが、30年前に突然会社を辞めて小さなレザークラフトショップを始めたのだ。

「バイカーとして生きたいんだ」

栗原は何度も引き留めたが由紀夫の思いは変わらなかった。

「バイカーか」

もう一度栗原はつぶやいて、いまだに納得できないという顔をする。

アメリカには「モーターサイクルギャング」と呼ばれる非合法な悪事で主に生活するアウトローバイカーも存在するが、日本はファッションだけは真似てもアウトローバイカーはほぼ存在していないと思われる平和な環境だ。

１９９０年代初頭に日本でもハーレーブームが起こり、それ以降現在に至るまで、日本のバイク業界が衰退していくのに高価なハーレーだけは右肩上がりという時代が続き、それにより今までなかった「バイカー」という価値観が日本にも生まれてきた。

由紀夫はそのはしりだと言える。

だが日本での「バイカー」には確固たる定義があるわけではなく、あやふやな部分も多く、ハーレーに乗っているだけで自称バイカーもたくさんいて、それを認めないコアなバイカーもいる。

一般的には認知されてないが、このバイカーが日本には意外と多くいて、大きなミーティングになると1万を優に超す台数と人が集うこともある世界だ。

由紀夫がポツポツと語る世界観が果たして栗原にどれほど伝わったのか。

「由紀夫の乗っているハーレーは古いんだろ。あんなので走って大丈夫なのか?」

ハーレーダビッドソンというバイクは基本的にVツインエンジンという同じ形式のエンジンで百年以上の歴史があり、形式は同じだが時代に合わせて進化はしていて、サイドバルブ、ナックルヘッド、パンヘッド、ショベルヘッド、エヴォリューション、ツインカムという名前がそれぞれにつけられていて、どれほど古くてもエンジンの再生ができるほどに、純正、社外メーカー合わせて豊富なパーツが流通しているので、何度壊れても直して走らせることができるのも大きな特徴だ。

「俺のバイクは1930年代のと1950年代のバイクだ」

「壊れないのか?」

「壊れる時もある」

「壊れたらどうするんだ？」

「直すよ。自分で直せれば自分で、駄目ならプロに任せて。シンプルだろ」

雨はいつの間にか本降りになり、テラス席に通じる窓がすべて閉められ、店の照明が幾らか強くなる。

「食えなくなったらいつでも言えよ。仕事ならいくらでもまわすからな」

栗原はメガネをかけて腕時計を確認する。

「ありがたいな。心強いよ。だがデザインなんてもうできないだろ。どうにか人に迷惑をかけないように余生を過ごすよ」

「バイクに乗ってか？」

「そうだ。もう消費するための生活はいい」

「そうか。今度はのんびり飲みに行こう」

「ああ。いつでも誘ってくれ。俺はバイクに乗ってなければいつでも暇だからな」

「そりゃあいいな」

栗原がもう一度時計を確認する。

「栗原。もしも疲れたら全部捨てちまえ。人生は意外とシンプルに生きられるもんだぞ」

栗原は「そりゃあいい」と大きく笑った。

「これ持っていけ。俺はそこにクルマ待たせてるから」

栗原が折り畳み傘をくれた。

「なんならクルマで送ろうか？」

「大丈夫だよ。雨が降っても傘が差せるんだぞ。完璧だろう。傘があれば完璧だ」

由紀夫は片手を上げて権之助坂を大鳥神社方向に下っていく。

バイクに乗らない人間からみればうるさいだけで、クルマからみれば邪魔なだけの存在だが、ハーレーというバイクに乗ってしまったがために人生が大きく変わった人たちが確かにいる。そんな中のひとりの男の物語だ。

「昼下がりのカフェでのこと」

「新門佐喜男という音楽家が
持参したチケット」

僕なんかでいいんですか？　もうハーレーには乗っていないんですよ。それなのにハーレーの雑誌にインタビューされても、なんだか申し訳ないな。

乗っていた期間はちょうど10年ですね。エヴォリューションのヘリテイジを新車で買って10年乗っていました。距離はそこそこ走りましたよ。12万キロくらいでしたね。

今は知り合いのバイク屋でバラバラになってます。売らないですよ。ありきたりだけど思い出が詰まってますから。それほど調子悪くはないんですけど完全にオーバーホールですね。何年かかってもいいからってバイク屋には頼んであります。また年を取ったら乗るんです。その時に新車を乗り出すような状態にしてもらいます。それまでは封印ですね。

パートはヴィオラです。知ってますか？　ほとんどバイオリンと同じ作りで少しヴィオラの方がでかいんですよ。始めたのは高校に入学してからです。本当に子供の頃、小学生の低学年までバイオリンを習っていましたけど、音楽はそれ以外やっていませんでした。だから子供の頃からずっと演奏している人に比べたら、荒いんでしょうね。

高校にオケ部があったんです。「オーケストラ部」です。そこに入って初めてヴィオラに触ったんですから。選んだ理由は人気がなかったからですよ（笑）。これなら競争相手も少ないかなと思って。それからほとんど独学ですね。顧問の先生には教わっていましたけど、ヴィオラ奏者ではなかったのでそれほど詳しくは教わっていません。

耳は良かったんです。音感はずば抜けていると思っていて、それが「絶対音感」なんだと気がついたのもオケ部に入ってからですね。音感は子供の頃のバイオリンのおかげかもしれません。

あっ、いいんですか？　バイクに関係ないこんな話で。

大学は音大に入りました。そこで本格的にヴィオラを教わりました。高校時代でそこそこ弾けるようになってしまったんですよ。変な言い方ですけど、そこそこ高校レベルの演奏でなら全国で通用するくらいに弾けたんですね。

でも音大で本格的にやるとなるとまったく駄目でしたね。音大も2浪してますからね。基礎ができてないから音が荒い。教授には徹底的にやられました。まわりのみんなは子供の頃から続けてやっているわけだから、もうまったくレベルが違う。高校生のアンサンブルの中にいるから通用したけど、ひとりで弾いたらもうまったく通用しない。

そりゃあへこみましたよ。もうやめようかって何度も考えましたね。

うーん、なんで続けられたんだろう？　音楽聴きます？　いや、クラシックじゃなくてもいいんですよ。ロックですか。ロックはどんなバンドを聴きます？　ストーンズですか。

カッコいいですよね。ミックとキースですよね。

どんどんバイクの話じゃなくなっちゃうけどいいですか？

ロックに感じるカッコ良さを僕はクラシックに感じるんです。シューベルトとかモーツァルトとかに、ミックやキースみたいなカッコ良さを感じるんです。そりゃシューベルトもモーツァルトも音楽室に飾られている肖像画ではカッコ良くないですよ。クラシックのカッコ良さは楽譜の中に詰め込まれているんですよ。

わかりやすく言えば、最高におもしろいミステリーや時代小説を読むようなもんですよ。司馬遼太郎の『竜馬がゆく』よりもおもしろい楽譜がたくさんあるんです。それが読み取れると作曲者の息吹みたいなものを感じるんです。繊細な部分があるかと思えばいきなり大胆なことをやり出す。モーツァルトなんて滅茶苦茶な部分がたくさんあるんです。もうロックですよ。どうしてこの曲の中にこんなぶっ飛んだ音が入るんだろう？　そんなところを読み取ると、人格までもが見えてくるような気がするんです。

だって耳が聞こえなくなったベートーベンが第九を作るんですよ。耳が聞こえなくなったミュージシャンですよ。命よりも大切かもしれないものを失って作ったのが「歓喜の歌」ですよ。あの曲はエンディングで最高潮に盛り上がって終わるんですけど、誰が聞いてもその駆け抜けるような勇壮さに感動するはずです。何度聞いてもコーラスから全楽器が打ち鳴らすあのたくましさに涙するんです。

でもあれは、ベートーベンという稀代まれな作曲家が耳が駄目になって、それでも魂を燃やし尽くしたスコアだから感動するんです。後人が多少のアレンジを加えようと、あれは明らかに天才の魂の最後の炎なんです。わかります？　あのスコアを読み取れば涙が止まらないんです。

フルトヴェングラーはご存じですか？　知りませんか。ドイツの有名な指揮者なんです。この人が戦争時にナチスの一員だったんじゃないかと疑われて音楽界から干されてたんですよ。

戦後何年かして疑いが晴れたんですね。その年にバイロイト音楽祭が復活したんですね。知りませんよね、バイロイトです。伝統ある音楽祭ですね。戦争で中止になっていたのが復活したんです。確か1951年ですね。その年に復活したフルトヴェングラーがバイロイトで「第九」を指揮するんですね。ベルリンフィルの演奏で。それが世界中で最高峰と言われる第九なんです。65歳です。とうに盛りは過ぎた音楽家は、それでもナチスではないかという疑いが晴れた喜びとか怒りとか、そういったすべての感情をタクトに込めたんじゃないですかね。

スコアだけじゃなくて、演奏にもそういう傑作があるんですよ。そのフルトヴェングラーのライバルでもあったカラヤンが来日した時に演奏した第九も感動的なんですよ。あっ、もういいですね……。

すみません、わけのわからないことばっかり喋って。ついつい熱くなっちゃって（笑）。なんの話でしたっけ？　ああ、そうだ。なんで辛くてやめたいと思ってもやめなかったか、ですね。

それはもうカッコいいし、楽しいからですね。ギターとか弾きました？　中学とか高校で。簡単なコード覚えて弾きたい曲がたくさんあって、それが少しでも弾けるようになると嬉しいじゃないですか。あの感覚があったんです。だからやめなかった。

それにね。同級生や近い年の人はライバル意識があるからなかなか難しいけど、有名なオーケストラのメンバークラスになると惜しげもなく、すべての技術を教えてくれるんですよ。まあ人にもよるんでしょうけど、僕が今までに出会ったそういう人たちは、どんなことでも教えてくれる。ヴィオラの持ち方から、演奏方法。どの指に力を入れてどこで抜くか。本当に惜しげもなく自分で築き上げた技をなんでも教えてくれる。

もちろん教わったからって簡単に真似できるはずもないんですけど。でも、どうしてだろうって思うんです。同じ楽器をやっているといつかそのオーケストラでライバルになるかもしれない。

ソリスト……あっ、ソリストは指揮者の横でソロをやる人のことなんですけど、それはずば抜けたテクニックの人がやるんですけど、ソリストレベルになっても、ゲスト参加したオケのメンバーにもなんでも教えるし、時間があるとマンツーマンでレッスンもしてくれる。

たぶんなんですけど、そのレベルの人たちはやっぱりクラシックが好きなんですよ。どんなに崇高だと思われても、有名なオケならどんなロックスターよりもチケットは高いんですけど、それでもソールドアウトしてしまうほどの人気。でもクラシックなんてマイノリティなんですよ。やっぱりバイオリンよりもギターの方が人気は高いでしょ。だから大好きなクラシックのために惜しげもなく自分の財産をさらけ出してくれるんだと思うんです。

さっき楽譜を読み取るとおもしろいって話したじゃないですか。それには楽譜を見て音が頭の中に流れないと駄目だし、音感も必要。何よりも音符の配列から次につながる音を想像する力がないとおもしろいとは思えないんです。

演奏するにもやはりテクニックがあった方がおもしろいし、同じオケの仲間たちも上手い方が安心できるし、演奏している時の気持ち良さがまったく違う。だからなんでも教えてくれるんだと思うんです。

音大で相当にへこんだけどおもしろいから頑張っていたら音大で一番のオケのメンバーに選ばれて、卒業した後に地元の地方交響楽団に入ったんです。もちろん普通に仕事もしましたよ。その頃にハーレーを買ったんです。

やっとバイクの話ですね。ともかく音が良かったんです。もちろんバイクは好きだったけど友達の後ろくらいしか乗ったことはなかったんです。ある日ハーレーの音を聴いて「おっ」て驚いたんです。完全なアンサンブルとして成立していたんですよ。

すみません。またわけのわからないこと話しますけど（笑）。

エンジンの音とマフラーからの排気音。ミッションの音、クラッチの音。それにタイヤがまわる音に車体のきしむ音。それがしっかりとまとまっていたんです。

絶対音感ってちょっと面倒なのはすべてが音感なんです。何気なく響いた、例えば空き缶が転がった音が「シ」の音で、転がり方でそれが「ド」になったり、和音になったり。

でもそのほとんどは不協和音で、気持ち悪いんですね。

　ハーレーの音は完全な和音じゃないんですけど分数コードみたいな、不協和音でも心地良いものだったんです。それで乗りたくなったんです。

　それと乗ってから何年かしてから気がついたんですけど、ちょっとした異音が出る時がありますよね。特に旧車だと起こるでしょう。でも微かな、本当に微かな異音ってあるじゃないですか。普通の耳なら絶対に聞き取れそうにないわずかな音です。それじゃなくてもハーレーのエンジン音って大きいじゃないですか。だから、あの微かな異音は聞こえていないんだろうなって思ってたんです。

　あのハーレー独特のアンサンブルの中に、邪魔な不協音が入るんだから、僕にはすぐにわかる。異音なんて何かしらエンジンの不調から出るんだから、早めにわかった方がいいに決まってますよね。だから「異音がしてますよ」って教えてあげようかと思ってたんですね。そしたら旧車乗りのオーナーはその本当にわずかな異音に気付いているんですよ。ほとんどみんな自分のバイクの異音にはどんなにわずかでも気がついてる。

　あれってすごいですよね。でも誰かが「微かに異音がするんだよ」って言っても「えっ、聞こえないよ、気のせいだろ」なんて言ってる。他のバイクの音はわからないのに自分のは聞こえるって、不思議だけどなんかいい感じですよね。

卒業して地元のオケに入ってからですか?

5年くらい地元の交響楽団で、年に数回コンサートをしていた時に、日本の代表的な交響楽団に誘われたんです。ちょうど楽譜の中の楽しさを読み取るのに夢中な頃でした。正直に言ってしまうと、地元のオケじゃもう駄目だと思ってたんです。これ以上気持ち良くて楽しい演奏はここではできない、そう思っていた時に誘われたんです。

もうレベルが地方と日本代表じゃ全然違いますから。その中に入っても音大の頃のような劣等感はもうなかったですね。それよりも楽しさの方が上まわっていた。

バイクで1日中高速走ってる時に歌うことってないですか? ありますよね。僕はね、気持ち悪いかもしれないけど、歌じゃなくてメロディなんです。クラシックのメロディ。そのくらいに好きになっていました。

その楽団に入って3年目くらいですか。ドイツにコンサートツアーに行くことになって、その時に武満徹という日本人作曲家の「弦楽のためのレクイエム」という曲をやることになって、そのソリストに選ばれたんです。緊張? そりゃあしましたよ。初めての海外ツアーでソリストですから。

でもその曲のスコアを読み取るうちに滅茶苦茶楽しくなってきたんです。なんだろう、レクイエムって暗いイメージがありますよね。モーツァルトとかヴェルディの「レクイエム」はなんだろう、じめっとした雰囲気ありますよね。えっ知りませんか？　そうですよね、すみません（笑）。

三大レクイエムと呼ばれる曲があったりして、そのどれもが物悲しいんです。ところが武満さんの曲は違う。まぁ明るくはないんですが、なんだろう、スコアの中に隠されている音符を読み取ると、ああ、隠れているわけではないんですけど、なんとなく普通の流れの中に置かれている何気ない音符に、その曲を作る時の武満さんの楽しさやワクワク感を感じるんです。

どう言えばわかりやすいですかね。曲に合ったパフォーマンスってあると思うんです。感情移入すればするほど、切ない曲を演奏する時は切なげな表情になるし、明るい曲は明るくなるじゃないですか。

武満さんのレクイエムは他のレクイエムとは明らかに違うんですよ。それでもやはり曲調は明るくはないんです。それでも楽譜を……あっ楽譜とかスコアとか統一してなくてすみません。どっちがいいです？　普段はスコアって呼んでますけどなんか気取ってるように思われそうで。大丈夫ですか、じゃあスコアで統一しますね。

武満さんのスコアをじっくりと読み込んで演奏すると、なんだか胸を張りたくなるんです。さすがにニコニコ顔はできませんけど、暗い淋しい顔にならないんですよ。スコアの中に並べられた音譜が実に楽しげなんです。

よくは知らないんですけど、武満さんて戦争に行っているそうなんです。それが生きて戦後を迎えて曲を書けた。きっとそれがあのスコアの中にあるいきいきとした感情だと思うんです。

ドイツの公演はソリストとして胸を張って堂々と弾けました。あのスコアを読み込んだとおりに弾いただけですけど。

それがヨーロッパのフィルのプロデューサーの目に留まって「オーディションに来ないか」って誘われたんです。

そりゃあ夢のようですよ。プロ野球選手がメジャーに行くようなものですからね。その有名なフィルに入れれば稼ぎだってまったく違う。いやらしい話かもしれないけど生活に余裕ができれば音楽に向かう時間も多く取れますからね。

でもオーディションに参加するためにひとつの条件がつけられたんです。それは、

「うちに来るならバイクには乗らないと誓約しろ」

高校生でもないのに、まさか今さらそんなこと言われると思いませんでした。ヨーロッパは大人の文化が成熟していますからね。プライベートで何をしていようと、プロとしての仕事を完璧にこなしていれば誰にも文句を言われない、そんなイメージがあったんで驚きましたね。

でも世界最高峰に近いフィルハーモニーですから、やはり音楽に対する向き合い方も半端な気持ちじゃないんですよね。歴史を守る保守的な考えはもちろんありますけど、それ以上にオーケストラという表現方法を常に進化させようとしているような部分も大きいんです。ですから怪我の可能性があるようなものはなるべくさせませんね。料理だって禁止される時もありますから。

でも僕はバイクに乗りながらメロディを歌っているんです。歌っているという表現はおかしいかもしれないけど、ハミングとかではなく歌っているに近いんです。流れる景色と風とハーレーというオーケストラを感じながら、その時向き合っているスコアを歌う。それは自分の中のとても大切な儀式みたいなものですからね。

オーディションに参加するかどうか迷っている時に、1週間ばかりの時間が取れて旅に出たんです。ヘリテイジで。みちのくをのんびりキャンプしながら走って、やっぱりバイクはいいなと思っていた時ですね。旅ももう終わりに近くて、東北道を南に向かっている時でした、その人に会ったのは。

大雨だったんです。もう滝のような雨。天気予報は雨なんて言っていなかったのに、いきなり降り出して慌ててパーキングに入ると、少し後からその人も入ってきました。白いサイドバルブですね。雰囲気があってカッコいいんですよ。

駐輪場でタオルを出して顔とか拭いている時に隣に並んで、バイクから降りるとその人ニコニコしながら。「悪いね」って照れくさそうに謝るから、なんだろうと思って。なんで謝るんだろうと。ああバイクを横に並べたことかななんて思いながら僕も曖昧に笑って「いえいえ」なんて返事をしたんです。

すぐに小雨になるだろうと思っていたんです。なにしろさっきまでピーカンだったんですから、夏によくある通り雨だろうと。そしたら全然止まなくて。そのうち世間話から「どんな仕事なの」なんて聞かれて。また人の話を真剣に聞いてくれて、相槌の仕方も心地いいんですよ。それで自然と今まで話したような、音楽の話になっていきました。

「そうか。新門君はクラシックが本当に好きなんだね」

だいたいの人はクラシックなんかに興味ないから話半分でしか聞いてくれないんですけどね。だから嬉しくなってついついオーディションに誘われたこととか、条件がバイクを降りることなんて話もして、それに悩んでたんだけど、この旅で、やはりバイクは捨てられないかもしれないって話したんです。そうしたら、

「うーん、悩む必要なんてないんじゃない。立ち位置の問題だからさ」

ってその人が言うんです。

「俺はね、いつでもバイクで旅に出られるような立場でいたかったんだ。カッコ良く言えばバイカーでいたかったから、その立ち位置は何があっても変えなかった。バイクをなくせば何も残らないってことだよ。俺はね、俺はそれで良かった」

雨は弱まるどころか雨粒の大きさを増して地面を叩いて、さっきまでの夏空はすっかり暗雲に覆い尽くされてしまったんです。道の向こうに平和そうに浮いていた入道雲は雷を遠くに落とす反乱分子になって平和を乱し始める。そんな想像をしながら横を見ると、その人は軽く目を閉じていて、

「新門君。この雨の音と遠くの雷の音はどうなんだ？　僕にはとてもいい音に聞こえるけど」

僕は改めてそこに奏でられている音を拾ってみたんです。そうしたら見事に気持ちのいい音の重なりでした。不協音はそこに混じるクルマの音だけで。考えてみたら自然の音はどれも心地良いんですよね。吹きすさぶ風の音なんて見事なシンフォニーですよ。ただし誰にもそれをそのままスコアにすることはできないでしょうけど。だから、

「いい音ですね。作曲者はこんな自然の音をどうにかスコアに落とそうともがいているのかもしれませんね」

なんて気取ったことを言ってしまったんです。

「ほら、簡単なことなんだよ。新門君は音楽が大好きでたまらないんだ。ミュージシャンが君の立ち位置だろう。だったらそれがぶれないようにするだけだ。バイクはまたいつだって乗れるよ」

なんだか雨の中にいるのに頭の中の靄《もや》がすべて消えていった思いでした。雲の上の存在のような演奏家がマンツーマンでレッスンしてくれているような心地良さと同じ感覚でしたね。

そうか、好きなことを突き詰めてみればいいのか。駄目ならまた地元の交響楽団に戻ってもいいし、それも難しければどこかの同好会でヴィオラを鳴らせばいいかな。答えは簡

単でしたね。

それで旅から戻ってバイク屋にヘリテイジを持っていったんです。何年か何十年かわからないけど、また将来乗るから、それまでにヘリテイジを新車レベルにしといてくれって。

オーディションは御存じのように受かりました。一応ヴィオラでは日本人初なんです。うちのシンフォニーでは。住んでるのは向こうですよ。ヨーロッパをツアーでまわっていると、このあたりをバイクで走ってみたいなって。移動の時はそればっかり考えてますね。シンフォニーをクビになったら走ってみますよ（笑）。

へーっ、あの人はバイカーの中では有名な人だったんですか。なんかまったく自然で気取りもなくて誰にでも気軽に接してくれそうですけどね。まあサイドバルブに乗っている姿は只者じゃない雰囲気はありましたけどね。

「ありがとうございます。やっぱりオーディション受けます」

そうお礼を言うと、

「でもさ、バイクに乗り続けて、音楽なんていつでもできるっていう考え方もできるけどね」

って悪戯っぽく笑ってましたよ。おもしろい人ですよね。だから、

「そうですね。音楽もバイクも晴れた日ばかりじゃなく、こんな大雨の時もありますからね。でも後から思い返せばやっぱり晴れて気持ちいい思い出が多いですよね」

そんな風に言うと、

「そうでもない場合もあるけどね」

って恨めしそうに空を見上げてましたね。

「東京公演があったら観にいこうかな。新門君のオーケストラ、チケットっていくら？1万くらい？」

雨はやみそうにないから諦めたのか、雨具を着込みながら聞かれたから正直に答えたんです。

「最低でも3万以上です」

「悪い。その金額じゃやっぱり行けない」

笑いながらキック一発でサイドバルブのエンジンをかけると、颯爽と大雨の中を走って行きました。なんだか感動的な演奏を聴いて「ブラボー」って立ち上がりたくなるような感じでしたね（笑）。それだけですよ、あの人と話したのは。

えっ？　その後ですか？

サイドバルブがパーキングを出た瞬間に嘘のように晴れましたね。雨雲が南に向かいましたね。もう少し待てばよかったのにって思いましたから。僕はそこで食事をして走り出しました。それからは一切雨には遭いませんでしたよ。でも僕の先にずっと雨雲がありましたね。

ひょっとしたらあのサイドバルブは、ずっとあの下を走ってるんじゃないかな。だとしたら相当ついてないなって考えていたのを覚えてます。

もしあの人に連絡が取れるなら、ぜひ東京公演を観にきてくださいって伝えてもらえませんか。これ、チケットです。預けるので渡してもらっていいですか。

一度しか会ってないんですけど、あの時に親身に話を聞いてくれて言ってくれたことは、どんな名演奏家にヴィオラを教わるよりもいいことだった気がするんです。だから聴いてもらいたいですね。僕も演奏に迷っている人がいれば、なんとか笑顔で自分の知っていることを教えられるようになってきたんで、クラシックの楽しさをみんなに知ってほしいですから。

「新門佐喜男という音楽家が持参したチケット」

「福地武則という若者がウォレットを注文するまでに」

やっぱハーレー雑誌なら革ジャンかなと思って押し入れから引っ張り出してきたんです。最近は着ませんね。俺らが十代の頃は長髪にリジッドスプリンガー、ダブルのライダースにチャップスっていうスタイルがカッコ良かったんですよ。俺もライダースとナャップスとエンジニアブーツからスタートしましたから。今はこんなだけど（笑）。楽でしょう。革ジャン重たいしそれほど防寒性が高いわけでもないし。それならアウトドアのジャケットでいいし、エンジニアブーツも重いし履くの面倒じゃないですか。ペコスブーツで十分ですよ。

なんですかね。ハーレーは古いのが偉いとか、熱い思い入れみたいなものがあんまりないんですよ。それにミーティングでがっちり握手やハグなんかも、どうにも馴染めないんです。

もちろん認めますよ、そういうスタイルも。あの人たちがいたからこうして手軽にハーレーを楽しめているのは間違いないし。ただ俺たち世代はもう少し手軽に乗りたかったんです。ハーレー乗るから革ジャン着てチャップスつけてって準備するんじゃなくて、乗りたいと思った瞬間に走り出せるような感覚ですかね。

それでも俺たちよりも下の世代とも違うんです。スニーカーで短パンっていうノリでもないんです。あれはあれで「オシャレにいこう」っていうスタイルが見えちゃっている気がするんです。

どう説明すればいいですかね？　もっと自由にっていうか。まぁ中途半端な面倒臭い世代なんですかね。

革ジャンやブーツにはこだわらないで、バイカーっぽくないアウトドア用のジャケットなんかを着るんだけど、そこはやっぱり「ノースフェイス」だったりって、やっぱりちゃんとしたブランドがいいんです。

古いハーレーが偉いとは思ってなくて、ショベルのチョッパーだけど、それは一番安いベースがショベルだったからですし。エヴォでもツインカムでもいいんですけど、でもリジッドにするならショベルまで。ちょっと前はそうだったじゃないですか。だからショベル。

やっぱり中途半端なんですかね。上はバイカーの基礎的なものを作ってくれて、下はそれにとらわれずオシャレを進化させる。その間でどっちつかずなポジションな年代なんですよ。

よりによってそんな俺からあの人の話を聞いて、それを取材するっていうんだから。そりゃあ革ジャンでも引っ張り出してこないと申し訳ないじゃないですか（笑）。

最初に会ったのは確か西日本でしたね。三重あたりだったはずですよ。紀伊半島まわってもう1泊って思ってたんだけど、高速乗ったらもうなんか帰りたくなっちゃって、飛ばし始めた時です。伊勢あたりから高速乗ったのを覚えてますから。

革屋さんに会ったのは偶然です。三重の高速。伊勢湾岸かな。乗って飛ばし始めたら急に雨が降り出して。すぐにパーキングに飛び込んだらいたんです。パンヘッドに乗っていました。ひとりでしたね。

最初はちょっと嫌でしたよ。いかにも年季の入ったバイカーって感じでしょう。匂いが完全にバイカー。俺たちみたいなのが一番説教されちゃうタイプだから。あっ、その時、ひとつ下の後輩と走ってたんですよ。

説教されるか、じゃないとしたら、「昔のミーティングは良かった」話で盛り上がっちゃうタイプに見えたから。昔話で熱くなられてもついていけないし。だからバイク停めたらすぐに建物に入って、なるべく会話しないようにしようとしてたんです。

でも「やっぱり降っちゃったよ」って。俺たちの思惑なんて関係なしに、バイクのエンジンを切った瞬間に話しかけられましたよ。しかも「やっぱり」ってなんかおかしくないですか。降ることに期待していたような言い方でしょ。しかもちょっと笑ってましたからね、革屋さん。バイクで急な雨に当たったら恨めしそうな顔になるでしょ。全身ずぶ濡れになっていて、それで笑ってるから印象には残りましたよ、っていうかちょっと怖かった(笑)。

「そうですね、参りましたね」とか、まさか無視するわけにもいかないから一応返事だけしたんです。あまり長くつき合ったら駄目だなって経験が危険を察知して(笑)。ああいうベテランバイカー、特にひとりの人はよく話すんですよ。なんですかね、あれ。そんなに人恋しいならひとりで走らないで誰かと一緒に走ればいいじゃないですか。まあひとりで走るのが好きだけど誰かと会えば話したくなるって気持ちもわからないでもないんですけどね。

一人旅の途中の人って自分が今まで走ってきた旅の話でしょ。本人はおもしろい経験をしたと思ってるんでしょうけど、一緒に走りもしてないのに聞くだけでおもしろい話なんてそうそうないんですよ。そんな話に無理やりつき合わされるのもたまらないですからね。それプラス、「君たちみたいな若いバイク乗りは」なんて始まったら目も当てられないですよ。だから近寄らないに越したことはないんです。最初はそんな風に勝手に思っていたから、だからその時はたいして話してないんです。

俺たち飯食いにいって、雨がまったく止まないんですよ。もうすぐ冬になりそうな季節で寒くて寒くて。それで外に出るのが嫌で1時間くらい建物の中にいたんですよね。すっかり革屋さんのこと忘れてバイクのところに戻ると、革屋さんが怖い目をして空を睨みつけてるんです。この寒い中ずっと外にいたのかと思って、「寒くないんですか」って聞いたら、「寒いけどさ、どうにかしようと思ってね」ってまたわけのわからないこと言ってて、不思議ちゃんかと思いましたよ（笑）。

いつまでも止むの待っててもしょうがないからカッパ着て、「俺たち先に出ますね」って一応挨拶したら、「もう少し待てば止むよ」って。絶対に止みそうもない降りなのに。止むどころか雨脚はますます激しくなって、俺たちが走り出した時は20メートル先も見えないくらいで。でもどのくらいかな、パーキング出て10分も走るとすぐに青空になって。あれは不思議でしたね。カッパ着込んでもうずぶ濡れになる覚悟で走り出したのに。でも振り返るとさっきまでいたパーキングの方に雨雲がかかっていたから、出てきて正解でしたね。

最初に会った時はそんな感じでしたね。ともかく「不思議な人」っていう印象だけでした。

たね。

知ってますよ。由紀夫さんですよね。知ってるけど気軽に名前で呼んじゃまずいっていうか、何か俺がそんな馴れ馴れしく「由紀夫さん」って呼んじゃいけないような気がして、それで「革屋さん」です。謙遜とかそういうのじゃなくて。なんですかね。やっぱりそういうところも中途半端な世代なんですよね。

2回目に会ったのは新潟の道の駅でした。

旅ですか？　旅は年に3回くらいしますね。1泊か長くても3泊くらいですね。金があればホテルだし、キャンプやそのへんで野宿の時もありますよ。

その後輩と2人で行くのが多いですかね。気が合うというか気を使わないで済むっていう感じで楽なんですよ。

他に仲の良いハーレー乗りもいますよ。そいつらと走ることもありますよ。大勢っていっても5台くらいですけど。それで旅に出ることもありますけど、大変じゃないですか、全員のスケジュール調整してどこに行くか決めて、どこでキャンプするのかとか考えるの。

2人なら何も決めなくていいんですよ。「走りに行くぞ」「いいですね」だけ（笑）。たまに一人旅もしますよ。

新潟の時も「海鮮丼が美味いらしい」って理由でひとりで走ってたんです。最初は日帰りのつもりだったんですけど、さすがに昼近くに出発して日帰りは厳しかったですね。しかも晴れっていう天気予報を確認して出発したのに、新潟入ったら大雨ですから（笑）。もちろん雨具なんて持ってませんよ。キャンプ道具も何もないです。日帰りのつもりでしたけど関越で長岡まで行った時には太陽が日本海に沈みかけてて、夕陽が綺麗でしたよ（笑）。こりゃあ日帰りは無理だって思ったんですけど、まぁ夜中に走って帰るものたまにはいいかなくらいの気楽な気持ちでしたね。何しろ天気もよくて景色も最高。走るにはもってこいの日でしたから。

夕陽がどんどん沈んでいくから、とにかく目当ての海鮮丼が食える道の駅に急ごうと飛ばしてたんです。高速降りて海沿いの下道を新潟市内目指して走ったんですけど、新潟県って広いんですね（笑）。遠いんですよ。長岡あたりでもう目の前だろうなんて気軽に考えてたら遠いんです。しまいには夕陽が、沈む前に瞬く間に雲に隠れちゃって、そしたら雨ですよ。夏とはいえ夕方の急な雨ですからね。がたがた震えながらずぶ濡れになって、やっとの思いで目指す道の駅になんとか着いたんです。

寒いし腹ペコだし、やっと着いたって道の駅の建物に入ると、なんと海鮮丼のレストランが営業終了してるんですよ（笑）。夜の7時で終わっちゃってる。着いたのが8時前でしたから、もうレストランは誰もいない。売店はやってるんですけど、食い物は土産物くらいしかないんですよ。目的のレストランもやっていないし、帰る気力も一気に萎えましたね。

とりあえずタオル買って身体を拭いて、飯食うところ探して、それから寝る場所を考えることにしようと。土産物のゆるキャラのタオルを買って、「このあたりで飯食べられる店ありますか?」って聞いたら、3キロ先にラーメン屋があるしまだ絶対にやってるっていうんで、定休日じゃないですよねって確認して（笑）、ともかくそこに行こうと表に出たんです。

雨はますますひどくなっていて、ラーメン屋まで行くのにまたびしょ濡れかなってテンション下がっていたところに、白いサイドバルブが入ってきたんです。

白っていうかなんですかね、あの色は。元は白なんでしょうけど、使い込んだ革製品みたいに経年変化しまくった色ですよね。乗っている人はずぶ濡れなんてもんじゃないんですよ。服着たまま泳いできたのかってくらいに水滴らせて。

その姿を見た瞬間にわかりましたよ、「あっ、あのへんな人だ」って（笑）。その時はまだ名前も何をしている人かも知りませんでしたから。でも雰囲気ですかね。たぶん革屋さんはどんなバイクに乗ってても革屋さんだってわかると思うんですよ。服装とか体型じゃなくて、なんですかね、やっぱり雰囲気としか言えないんですけど。

最初に出会った時みたいな説教でもされそうな嫌な感じはなかったですね。大雨の道の駅でバイクが他にいない仲間意識みたいなのもあったんですかね。だから今回はすんなり話しかけられたんですよ。

「こんばんは」

下がりまくってたテンションもちょっと上がって、そしたらバイクから降りた革屋さん、俺のことなんてなんにも覚えてなかったんですよ（笑）。

「前にどこかで会ったことある？」

なんて言ってるんですよ。だから三重で大雨の時に会ったことを説明したら、「そうだったか」って、その時のこともあんまり記憶にない様子で。あれだけの大雨に急にやられたんだから絶対に覚えてますよね、普通。

「そうか。やっぱり降ってたか」

またおかしなこと言いだしたぞ、と思いましたね（笑）。

そこからなんとなく話していると、革屋さんって決して偉ぶるようなところがないんですよ。最近の若いバイク乗りは、みたいなことも言わないし、一人旅の思い出話も強要しない（笑）。

それどころか自分の話をするよりも俺の話をしっかりと聞いてくれることの方が多くて。なんだろう、なんか安心感みたいなものがあるんですよ、革屋さんには。どう見ても古株のバリバリバイカーだけど、型にはまってないっていうんですかね。

革屋さんもそこのレストランで飯を食べようと思っていたらしいんですよ。「もう終わっちゃってるんですよ」って俺が言うとがっかりしてました。それで「この先のラーメン屋があるからそこに行こうと思ってるんです」って俺が言ったら、「また濡れるの嫌だろ」革屋さんがそう言って「ちょっと待ってて」って大雨の中走り出していったんです。

「どうしたんだ？」ってわけもわからないしどうしていいかもわからずにいると、10分くらいで革屋さんが戻ってきたんです。

「夏だっていうのに寒いね」

ずぶ濡れでやや震えながらも、大荷物の一部から何か取り出して、どうやらスーパーで買ってきたらしい食材を出して、ものすごい勢いで料理を始めたんです。道の駅の雨に当たらない場所で（笑）。もう俺は「ぽかーん」って感じですよ。

そしたらあっという間にすごいいい匂いのするスペアリブを焼いたのと、野菜がたくさん入ったラーメンができて、それがめちゃくちゃ美味いんですよ。俺は身体も拭いてとりあえず落ち着いてきていたのに、一番ずぶ濡れの革屋さんが全部用意してくれて、しかも「若いんだからたくさん食べなよ」ってほとんどの肉とラーメンを食べさせてくれて。雨の営業終了間際の道の駅とはいえ、まだまだたくさんのクルマで来ているお客さんがいて、屋根の下の通路で飯食べ始めた俺たちをジロジロ見るんですよ。汚い恰好の2人が地べたでキャンプ道具で自炊してるんだから見られてもしょうがないけど（笑）。

「気にしなくていいよ。腹が減ったから飯を食べてる。それだけなんだから」

革屋さんは堂々としたもんでしたよ。きっとこんな経験を何回もしてるんだろうなって感じでしたね。

そしたらちょっとした騒ぎみたいになってきて、売店の店長が「困るんですけど」みたいなことを言ってきたんですね。俺もムカついて何か言ってやろうかと思ったら革屋さんが、

「困るも何もないだろう。もう火は使い終わっているから火災の心配はないよ。それに海

の幸のレストランをさんざん宣伝しておいて、この時間にはレストランが終了しているというのは腑に落ちないな。飲食店なんてもっと遅くまで営業しているのが普通だよ。それがこの時間でもうやっていないし、おまけに近くに他の飲食店もない。それにそちらも、この大雨の中をバイクで移動しろって強要しているわけではないんですよね？　そうでしょう。だったら自分たちで何か作って食べる。それのどこが問題なんです？」

もう一気にまくしたてたんです。しかも大声を出すわけでもなく冷静に。売店の店長は何も言えなくなってすごすごと引っこんじゃいましたね。大人の対応だなって、感動すらしてましたよ（笑）。

その時にいろいろ話したんです。最初に会った時に「今時の若いバイク乗りは」なんて説教が始まるんじゃないかと警戒していたことや、自分たちの年代が、主流でも若い新世代でもない中途半端な立場なんじゃないか、なんてことまで、飯食ってその後2～3時間話したんじゃないですかね。

俺、職人仕事してるんですよ。見えないでしょ。こう見えても後継者不足の世界では「久々に現れた新星」扱いなんですよ（笑）。まあ普段は親方に怒鳴られてばかりなんですけど。

和紙です。和紙作りですね。需要は多いんですよ。いまだに和紙の原稿用紙にこだわる人もいるらしいし、何にしても値段は張りますけど、やはり質感や綺麗さはまったく普通の紙とは違いますからね。

その仕事場も先輩は親方クラスの60代くらいの人たちしかいないので、俺が今35歳なんですけど、仕事以外の話は割と大丈夫なんです。親方クラスが逆に合わせてくれるのかな。職人って好奇心旺盛なんですかね。いつもは厳めしい顔して仕事しているのに、仕事後なんて優しいんですよ。テレビとかも大好きみたいでいろんなこと知ってるんですよ。でも若者になびいているわけでもなくて。

でもやはり感覚は違いますよね。年代の差というか、なんだろうな、きっとなんですけど、覚悟の差だと思うんですよ。俺なんか自分でやりたいと思って望んで来ているけど、きっと親方たちは「紙屋になるしかない」っていうところがスタートなんですよね。親がそうだとか親戚のところがそうで、どこかに丁稚に行くならここでいいか、みたいなすごく小さな選択肢しかない中で職人になったわけですよね。

その中では努力しないとどうにもならないんです。技ですから。ばーっと何十年かやればいいわけでもないんです。ある程度まではできますよ。でもやはり自分で考えて先人の技を盗んで、工夫してより良いモノを作る。それをしないといけなかったわけですよね。何しろ安い紙に押されて淘汰されていくわけですから。伝統を守るんだなんて今だから言えるけど、淘汰されてる時にはそんなの誰も聞いてくれないですから。そこを勝ち残った人たちが今も残っているんですよ。

俺なんてすごい優しくされてますよ。そりゃあ怒鳴られるし失敗すれば引っ叩かれたこともあるけど、でも手取り足取りですよ。よく教えてもらってます。そのへんの大きな違いがあるから、仕事の中では違和感というかそういうのもありますね。

でも最近後輩もいるんですよ。若いんです。みんな20代前半。でもやる気に満ちてるんですよ。やる気が俺とは違う。すごいんですよね。伝統を守ろう的な気迫ですかね。まあ俺にもありましたよ、そんな気持ちは。でも何か違うんですよね。

結局バイクの世界でも仕事でもそんな風に、妙に中途半端な世代なんだよなっていつも考えていたんですね。

新潟のあの道の駅で革屋さんにそんな話をしていたんです。

そうしたら……。

「年取るとさ、若いもんに相手してほしくなるんだよ。でもどう接していいかわからないから『お前ら若い者は』なんていう風にしかコミュニケートできないんだろうな」

「みんなそうなんですか？」

「うーん。そういう年寄りが多いけど、みんなではないよ。俺は若いバイカーにあんまり興味ないから絶対にそんなこと言わないよ」

「若いのに興味がないってことは、同年代の人としか絡まないんですか？」

「まさか。そんな老人ホームみたいな世界は嫌だろ（笑）。それに俺たち世代で元気にバイク乗っている奴なんて本当に少数だしさ。若者とか年寄りとかそんなくくりには興味がないんだよ。興味があるのは、そうだな、おもしろい奴かな。若かろうが年寄りだろうがおもしろい奴」

「ああ、わかります。そうですよね。おもしろい奴がいいですよね」

「でさ。君のいう中途半端な世代の問題なんだけど」

「そうなんです、中途半端なんです」

　意識しないで自然とそうなってたんですよ。雨は相変わらず降り続いていたんですけど、身体はすっかり乾いて寒くもなくなって、それでテンションも上がってたんでしょうけど、とにかく初めてですね、あんな年上の人と話していておもしろかったのは。

「本当に中途半端な年代なんてあるのかな？」

「でも俺は本当にそう実感してるんですよ」

「じゃあ逆に、中途半端じゃない年代なんてあるのかな？」

「えっ？」

「例えば俺たちは『バイカーだ』なんて言ってても、所詮はアメリカ人の真似をしてきただけだよ。上辺だけの真似だけじゃつまらないから、本当のライフスタイルとしてのバイカーになろうとは思ったけどさ。

俺たちよりちょっと上か、俺たち世代にもいるけど、フルドレスのサイドカーでパレードしている人たちがいて、どうもそれじゃないなって感覚があって、もっと手軽にハーレーを中心にした暮らしをしようと思ったわけだよ。

これって君の言っている感覚に近いんじゃないのかな。むしろ同じようなものだろ。君たちよりも上の今40代のバイク乗りだって、俺たちと同じようなことをして、俺たちと仲良くはしているけど、あのへんはあのへんで「なんか真似をしているだけじゃないか」ってジレンマを抱えながら、そこから新しい何かを作り上げようとした。だから今のカスタムビルダーの中心はその世代だろ。

結局さ、ひとつの形ができると、それを壊したくなるんだよ。それが世代交代のひとつの側面だよ。さっきも言ったけど、年寄りが「今の若いもんは」って言いだすのは、若い奴らとコミュニケーションを取ろうともしないで、団塊の世代なんて言われて、自分たち世代の人口が多いからその世界だけで過ごしちゃった人たちなんだよ。それで「今の日本は俺たちが作った」なんてとんでもない妄想を本気で信じてるからタチが悪いんだ。だから若者見ると何か言いたくなる。でもそんな年寄りたちも自分たちを『中途半端な世代』と感じているんだよ。

だからさ、君が感じている中途半端感は誰もが感じていることで、それを感じられているということは、正しい感情のひとつをしっかりと持っているということなんだよ」

そんな話を聞かせてくれて、もうなんか感動ですよ。すっかりやられちゃった感じですよ。その時に革屋さんの仕事の話を聞いて「どんなの作ってるんですか?」って聞いたら、「こんなの」って無造作に自分のウォレット見せてくれたんです。

「何も特別なところはないよ。ただ何十年でも使えるだけ」って言うんですよ、革屋さん。

それまでの世代の話と重なって、どんな世代が使おうとファッションや流行なんて関係ないような。それでもうこれしかないって思って、思わず「買うよ」ってほとんど叫ぶように言ってました（笑）。

「よしわかった。俺、革屋さんのウォレット買うよ。ウォレットお願いします。ナチュラルの革で」

最後にはさんざん盛り上がって、革屋さんにお願いしたんです。ウォレット作ってほしいって。

それまではバイカーブランドじゃない、オシャレ系の小さな店が作っているトラッカーウォレットを使ってたんです。そこそこいい値段のするやつですよ。他に使ってる人は見たことないですね。そこが重要でしたね。誰もが使っているバイカーブランドではなくて、それでもバイカーウォレットの先駆け的存在のトラッカーウォレットで、俺たちはそのへんの歴史もちゃんとわかってますよってアピールは忘れない。見た目は本来のトラッカーと同じでペラペラな感じのレザーだし、ボタンもチェーンもニッケルなんだけど、実はオシャレ系なブランドでいい値段。どうですか。誰に主張しているのかわからないこの感じがいかにも俺な感じですよね（笑）。

それがバイカーバリバリの革屋さんのウォレットですよ。使ってる人はいっぱいいるでしょ。きっとミーティングなんかに行けば5人にひとりは使ってるでしょ。そのくらい出まわってますよ。それに買い替えようとしたんですよ。「ああ、それなら現金書留でMなら2万6250円。Lなら2万8350円。そっちの住所と希望する色を書いて送ってくれる」って（笑）。

なんか今まで最高に盛り上がってたのにそこだけすげえ冷静に言われちゃって。そりゃあ旅の途中で注文されても困るでしょうけど、せめて「よしわかった。俺が作ってやる」くらいの勢いで承諾してほしかったんですけどね（笑）。

革屋さんは現金書留でって冷静で、その後「君のそのトラッカーウォレットはまだまだ使えるよ」なんて商売っ気ゼロでしたね。冷静だけど冷徹じゃないんですよ。道の駅の店長に言い返している時も冷徹ではなかった。冷静だけど冷たくない。なんか仕事場の親方みたいで。

その後革屋さん、「じゃあ行くわ」って。飯の片付けもチャッチャと済ませて、驚いている俺に「今夜中に山形の知り合いのところに行かないとならないから」って、大雨の中走っていきましたね。

雨の中変わらない姿勢でサイドバルブに跨って大雨の中消えていく姿はカッコ良かった。バイクの運転もどんな天候だろうと冷静なんですね。あの冷静さが革屋さんですよね。

結局その後に現金書留送って、３ヶ月後にウォレットが届いたんです。もう嬉しくて。それから何度か店にも遊びに行きましたよ。最初に店に行った時は春の日差しがポカポカで気持ちいい天気の時で。革屋さん「なんで降らないかな」って言うから、そうそう雨の日ばっかり続くわけないじゃないですかって言ったら「そうかな」って。やっぱりへんなこと言ってましたね（笑）。

そんな風に知り合って、時々一緒に走るようになって、一緒にキャンプする時も時々ありますよ。時々ですね（笑）。そりゃあ革屋さんと一緒に走れるのは嬉しいですよ。ちょっと自慢したくなりますよね。でも時々ですよ。

そりゃあそうでしょ。あんな最強の雨男いませんから（笑）。もう肉体的にも精神的にも満ち足りて「よし雨の中走ってやる」って思った時だけです（笑）。革屋さんも職人だから親方たちと似てるんですよ。やっぱりどこか似ているんです。きっと極めた人間は似てくるんでしょう。でも革屋さんと走るのは仕事よりも辛いですから。たまにでいいんですよ（笑）。

そうだ。仲良くなってからもうひとつ相談というか疑問をぶつけたことがあるんです。あっ、これもバイクに関係ない話なんですけどいいですか？　すみませんね。

いやあ、仕事のことで、俺って本当にこれをやりたいのかって悩んでたんですよ。そうです、和紙の仕事。それで革屋さんに聞いたんです。

「やっぱり革屋さんは革職人が夢だったんですか？」

って。

「そんな御大層なもんじゃないよ。まあ革で質実剛健なバイカー用のモノを作りたいというのはあったけど。まあいつでもバイクに乗れる環境を作りたかったのが一番かな」

革屋さんの答えはわかりやすいんですけど、どうにもわからないこともあった。

「よくスポーツ選手とかミュージシャンとか『諦めなければ夢はかなう』的なこと言いますよね。革屋さんはああいうのとは違うんですか？　やっとたどり着いた、みたいな」

「それは成功者だから言えるんだよ。成功者の陰には何百万人もの夢破れた人だっているわけだから。本当にわずかな立場にまで上り詰めた人の話はありがたいけど現実味はないんじゃないかな。どうせなら夢破れた人たちの話の方がおもしろいかもよ」

「でも革屋さんも成功者でしょう」

「俺のどこが成功者なんだよ。こんな孤独な老人だぞ」

「夢はあるんですか？」

「そうだな。結婚して子供作ることかな」

「やればいいじゃないですか」

「おいおい、ケンカ売ってんのか」

なんかそんな流れだったんですけど、革屋さんがすごいのは、そんな会話で俺の悩み見抜いたんでしょうね。

「和紙を作り続けた君が将来テレビとかに取り上げられれば『夢はかなう』って言うんじゃないか。でもそれでいいんだよ」

野球選手とかミュージシャンなんてなりたくてもなれない人間は山ほどいる。和紙職人だってミュージシャンに比べたら全然数は少ないけど、途中で脱落していく奴だっているんだから。少しでもなりたいと思ったからその仕事選ぶんだろ。だったら将来テレビに出るようなことがあれば「夢はかなう」だろ。

それ聞いても俺が「でも……」って言ったら、

「いいんだよ。駄目ならやめてもいい。君はまだ30代だろ。転職してもまだまだ大丈夫だ」

革屋さんの店だったんですけど、すごい天気がいい日で、革屋さん、仕事の手を休めて店の入り口のドア開けてそこにもたれて、眩しそうな顔で空を眺めながら話してくれましたよ。なんだか安心感を得られて。

なんかわけわかんないですよね、俺の話。大丈夫ですか？　こんなので。まあ和紙作りで頑張りますよ。バイク乗れる休みも取れて、昔の職人さんに比べたら随分と甘いんでしょうけど。もう少し頑張ってみます。

でも結局革屋さんとバイクで走れるようになって良かったですよ。だっていつか俺も革屋さんみたいな職人になりたいなって思えるようになりましたから。一緒に走っているとより強くそう思いますね。

革屋さんは雨のイメージが強いけど、結局あの人といると晴れやかな気持ちになれるんですよ。そういう人だと思いますよ。

すみません、生意気言って。

「鳥越藤吉を支える香りの話　前」

なんや由紀夫さんのことって言ってもなぁ。何話せばいいんやろ?

わしかい。わしの話か。ええよ、自分のことならなんぼでも話したるよ。

小僧で旋盤の工場に入ったのが始まりやな。それからは必死や。今みたく優しい時代とちゃうから、もう先輩の職人なんてなんも教えてはくれんよ。仕事を盗んで自分でやってみる。ちょっとでも間違えたりするとボコボコやで。たまらんかったわ。

なんやろうなぁ。それでも耐えられたのは時代だからだけちゃうような気がすんねんけどな。職人の世界なんて乱暴で、飲む、打つ、買うは当たり前や。小僧がそんな世界におったら給料もらったら全部使ってまうやろ。わしも競艇やら競輪やらでいくら使うたかわからんで。ひどい時には、前借りだけで給料がのうなってしまった時もあるわ。なんべんも。

まぁそんでも、なんべんもそんな思いしたら気付くわな。こりゃあかんでって。たまに勝って泡銭ができても飲むか風俗行くかでしまいや。身につかん。こんなことしよったら働いてる意味がない。たいがいはそう気がつく。そりゃそうやで、先輩にどつかれて、朝から晩まで汗水たらして働いた金や。それをドブに捨てるようなもんやからな。こりゃあかん、と。それきり、18くらいで博打は卒業や。中学出てすぐに小僧で働き出しとるからな、3年もたっとれば旋盤も基本は覚えるやろ。後輩もできる。わしはその時にきっぱり博打は足を洗えたけどな、あかん奴はいつまでも続けよるんや。そういう奴は仕事も続かんな。給料がなくなるのは博打のせいやとは考えんのやな。給料が安いからのうなってしまうのや、そんなアホな考え方をするんや。そんでもっと給料の良い仕事をって、職場を転々とするわけやろ。どうにもならんわな。

ええんかいな？　こんな話で。ハーレーの雑誌なのに旋盤工の話なんやいらんやろ。ええんか？　ほな続けるで。

ちょうど18の頃にな、近所の研磨屋の事務をしよった娘に惚れてな。同じ年やったわ。商業高校出てからその研磨屋に就職した娘や。

旋盤が終わったもんが研磨屋で磨かれて卸されるっちゅう流れは意外に多くてな。自分で作った部品やらネジやらを研磨屋によう運んだんやわ。旋盤も細かい指定の時はコンマゼロいくつの指定でくるからな。ぎりぎりで作ってそれを磨かれてしまうと細くなってまうやろ。そやから研磨屋でここはこのくらいって伝えて受け渡しをせにゃあならんのよ。そやからしょっちゅう研磨屋には行くわけや。その娘が入ってからはしょっちゅうや（笑）。用事もないのに暇があれば研磨屋に通っとったわ。まぁこっちもウブな小僧やからな、どうにも話しかけられん。女は風俗しか知らんからな。

思い切ってラブレターっちゅうのを書いたわけや。そやかて人様に手紙なんて書いたこともないし学もない。よう思い出せんけどもやな、めちゃくちゃな文章やったと思うで（笑）。

読んでもらえただけでもありがたいのにやな、返事が来たんや。そりゃあもう飛び上がるほど嬉しかったで。内容は忘れてしもうたけど、確か、友達になりましょうみたいな感じで、それでもお互い面と向かってはよう話もできん。だから交換日記が始まったわけや。

2日にいっぺんやな。わしが工場が始まる前の早朝に研磨屋の前で待っとると、敏江が来るわけや。そうや、敏江いう名前やな。そんで交換日記のノートをもらう。その2日後の朝にわしが書いたのを渡すんやわ。

そんで月に一度は近所のジャズ喫茶で一緒にコーヒー飲むんやけど、もう恥ずかしいて何も喋られん。そんでも幸せやったで。何も喋らんで、わけもわからんジャズ聞いて、美味くもなんともない苦いだけのコーヒー飲んで、でも目の前には敏江がおるわけや。それだけでもう何もいらんと思うたわ。

そんな関係が3年も続いたかな。まぁたまには映画に行ったりして、少しずつや。ほんま、長い時間かけて少しずつ、お互いのことが喋れるようになって、そんで21の時に結婚したんや。

それからは前にも増して必死や。必死のパッチや。

えっ？　知らんのかい？「必死のパッチ」いうんは最上級の必死を表す言葉や。関西人特有の照れ隠しも入った言葉やな。

ともかく必死のパッチで働いて25で独立やな。職人の世界は給料はそれほどようはない。けど真面目にやっていれば技術と、独立して自分で稼ぐ方法を教えてくれるわけや。当時でも25で独立するんは早いよ。そうはおらん。みんな早くても30過ぎや。

勤めとった社長が保証人になってくれて銀行から借金して、旋盤とNC旋盤1台ずつ入れて始めたわけや。勤めとった会社の社長も保証人になるだけじゃなく仕事もまわしてくれる。そりゃあうちに投げた分の仕事は中間マージン抜いとるかもしれんけど、昔はそういった義理人情がちゃんと残っとったんや。

あとは自分で営業して真面目に正確な仕事をしていれば、新しい仕事も取れたわけや。でも借金返して仕事取ってきて、納期までにはきっちり納める。そんで嫁食わせにゃならんわけやろ。そりゃあ必死にやらにゃあしょうがない。

独立してすぐに長男もできてな。5年はひとりで頑張ったか。ようやく銀行の借金も終わって、仕事も順調に増えてきたから職人を雇うて、今度は嫁子供食わせて職人に給料払うのに必死になる。そんでどうにか家を建てて、娘ができて、職人も機械も増やして、工場が手狭になったから工場も面倒やから建ててまえってなってやな。

もうとにかく必死やな。いつまでも借金は終わらんどころか増えていくわけや。ろくに休みも取らんで働きまくったわ。そんでも子供の面倒は嫁が見てくれたし、雇った職人も真面目で長いことやってくれとる。そろそろ独立せんのかって聞きよったら「これからはこういう商売は大変やろうから、一生社長に給料もらってればええ」言いよる。そやからこっちも期待に応えて少しでもいい給料あげたいし、ボーナスもやりたいやろ。

そんな思いがあったからやろうな。バブルの時はうちみたいな小さな工場でもぎょうさん発注が来てな。みんな単価の良い現金仕事や。「急いで納めてくれたら現金でこんだけ払う」なんていう注文がわんさか来よったな。

まぁそんでも、前からのつき合いの仕事だけは優先して、どんだけ美味い儲け話があっても断って、まわりがベンツ買うて邸宅建ててって派手にやっとる時も、うちは急ぎ仕事のボロイ儲けも職人ときっちり分けて分配した。

「ええか、こんな博打みたいな金は身につかんで。だからあてにしちゃいかん。今後もこんなもんが続くはずはない。そやから貯め込んでおけ」

職人にはなんべんも、耳にタコができるくらいに言って聞かせたんや。若い頃の博打の経験のおかげやな（笑）。

そやからバブルがはじけても、うちはなんも損害はなかったで。まぁ仕事量の目減りと単価の値下げは徐々にきたけどな。でも職人２人とその家族、それにうちの家族が食うくらいはどうにかなってきたんやわ。

世間では景気の良い話はなんも聞こえんようになってきた２０００年頃やな。わしもそろそろ引退して隠居しようか、なんて考えるようになってな。

商売は順調やったけど、そっちにばっかり気が向いてたからか。息子はえらいグレよった。もう手もつけられんくらいにな。高校も途中で辞めて、なんや肩に入れ墨なんぞ入れてな。嫁も相当落ち込んどった。

嫁もまぁ仕事ばっかりの亭主に嫌気が差したのか、どんどん愛想が悪くなるしな。もともとが関西の女やからな。若い頃はあんなに可愛かったのが、いつの間にやらヒョウ柄のシャツ着てパンチパーマ当てたおばちゃんやで。ものもズケズケ言うしな。

「なんやの、休みなのに家におるんか。どっか行っとけ」

たまの休みにゆっくり寝とると、邪魔者扱いや。

そんでももうどうしようもない息子を、他で犯罪でもされたらたまらん思うて、職人に頼んでうちの工場で働かせたら、職人２人がバチバチ鍛えてくれてな。社長の息子やいうても遠慮なしや。昔の小僧をシゴクように身体に仕事を叩き込んでくれた。

息子も最初は反抗しとったようやけど、負けず嫌いな性格やから「オヤジができるようなこともでききんのやろ」って言われたのが悔しかったようで、今では二代目や。それでも職人からは「社長」やなしにいつまでも「ボン」って呼ばれてるけどな（笑）。

まあそんなんで、仕事を職人と息子に任せるようになってから、なんや趣味でもって思うてた時や。そん時にな、近所のオヤジに「これはええで」言われてハーレー見せられたんや。

そりゃあもうな、ひと目でやられたわ。すぐにディーラー行って新車のウルトラ買ったったわ。

「そんなもんどうするんや」嫁にはえらい剣幕で怒られたけどな。今までなんの贅沢もせんと仕事してきたんや。それくらい許されるやろ。

嫁なんて子供の手がかからんようになったら、毎月近所のおばちゃん連中と温泉やら旅行やらやで。娘が結婚するの決まったら「最後の母娘の思い出づくりや」なんて言って、ヨーロッパに２人で旅行や。わしは置いてけぼり。旅行の翌月のカードの請求50万くらい来よったで。「なんやこの金額は」さすがに怒って言うたら「近所の土産やなんかでそんくらいかかんのや。けちけち言うな」って逆切れや。

まぁ、そんなこんなで、時間が取れるようになってな。ハーレー教えてくれたオヤジに連れられてあちこちツーリングやミーティングに行くようになってな。

おおっ、やっとバイクの話やな（笑）。

ミーティングでいろんな人と知り合うのがおもしろくてな。どんどん仲間が増えて、しまいには近所のオヤジなしでひとりで全国のミーティングに参加するようになったな。そのうちにうちの方に来るバイカーが家に泊まっていくようになってな。まあ誰かが泊まりに来た時には嫁も上辺だけニコニコして、最低限なことはやってくれる。小さいけど庭もあるからな、飯はそこでバーベキューしてな。

でもみんなが帰った後は大変や。

「なんやの、汚い連中集めて。バイクはうるさいし、近所に迷惑や」

そんでもな、趣味もなく働いてきたわしの唯一の楽しみなんやから、それくらいいいやろ言うて、まぁ納得はしとらんやろうけど、どうにかこうにか仲間を家に泊めたりしとったわけよ。

息子がグレたのもあってな。まぁ家族が生活に困らんように必死にやったつもりやったけど、なんや、どこか間違っとったんかもな。そう思うようにもなってきた時や。嫁に行った娘の旦那がな、怪我をしたんやわ。それが土曜日や。たいしたことはないし数日入院する程度やろうって嫁から聞いたもんでな、その日はミーティングに参加するつもりやったから、怪我もたいしたことないなら見舞いは帰ってからにしよう思ってな。

ミーティングは楽しかったよ。娘の旦那には申し訳ないけど、たいした怪我じゃなくて良かったよ。命に関わるような怪我やったらミーティング行けんやろ。入院言うても数日で済む程度でほんま良かった。

でな、ミーティングから帰った日に嫁が家におらなんだわ。携帯に連絡したら病院に泊まり込むっていうから、こっちも心配になってな、その足ですぐ病院に向かったんや。

受付で旦那の病室聞いたらＩＣＵや言われてな、なんやそれと思うて行ってみたらな、病室の前に娘がおってな、わしの顔見たら「何しに来たんや」言うわけや。「何しにて、見舞いやないか」「今さら見舞いか。あんたになんか見舞ってほしくないわ」

わしと娘はな、仲がいいとは言わんよ。でもな、まあ普通の父娘やと思ってたんや。思春期の女の子が家の中で父親とべたべたせんのが普通やろ。それでも時々会話する時はわしのこと「お父さん」って呼んでくれるしな。まあ普通の親子関係やと思ってたんや。

それが「あんた」って呼ばれた時はショックでな、しばらく言葉も出なんだわ。そしたら「うちの人は危うく足を切断せなならんくらいの怪我したんやで。下手したら死んでたところや。それをなんや、あんたはバイクで遊びに行って」

後から聞いた話では、嫁も最初の連絡ではたいしたことない思ってわしに言うたらしいんや。それがな、仕事中の事故で左足大腿骨の粉砕骨折と何十針も縫うような裂傷、つまりは足が千切れそうな怪我やったそうや。

「あんたは私らが子供の頃から仕事仕事で、遊んでくれたこともあらへん。私の運動会や授業参観に来たことあるんか。ないやろ」

娘は涙流しながらわしに向かって怒鳴るように言うんよ。

「それでも私らのために頑張って仕事してくれてるんやって、ずっと我慢してきたわ」

もうわしも頭の中真っ白になってな。

「それがなんや。時間ができたらバイクで遊びまわって、やっぱり家族はお構いなしか。

それやったら、私はもうあんたにはなんの期待もせん。だからあんたも私に子供ができても孫やなんて思わんでよ。どうぞ大好きなバイカー仲間と仲良うやって幸せに暮らせばええやろ」

そうまくし立てて娘は病室に入ってしもうてな。騒ぎに気付いた嫁が廊下に出てきた時は、もう膝から力が抜けて、その場に突っ伏したわ。

「まあなんとか命は助かるし、足も切断しなくとも大丈夫で、今後のリハビリ次第では歩けるくらいにはなるやろって医者は言うてるらしいから、今日のところは一緒に帰ろ」

嫁にそう言われて家に帰ってな。でも家に帰るまでの記憶なんてなんにもないわ。

今でもあの時のこと思い出すと涙が出るで。

ほんまにええんか？　こんな暗い話で。由紀夫さんの取材やろ。ええんかいな？

それからはしばらく何も手につかんわな。なんやそれからは嫁とも……もうええか、ホンマは嫁はんのことは「オバハン」って呼んでるんや。まぁ関西じゃ普通やな。面倒やからオバハンでええですかね。すんませんね。

それでオバハンともギスギスしてもうてな。家におってもつまらんし、そんな時に仕事なんかしよると逆に怪我でもしてみんなに迷惑かけそうや。朝家を出ると近所ブラブラしてな、公園のベンチに座ってぼーっとしよるんや。娘のこともなんも考えんと。でもな、なんやそんなことしよると、どんどん身体が老けてくような感じがするんよ。もうええかって開き直ってな、バイクでブラブラ走りよったんよ。ええ天気でな。バイクはええな。それしか思わなんだわ。バイクはええ。ちょっとだけのつもりが30キロくらい先の道の駅まで足延ばしてな。そしたら急に雨が降り出しよったんや。あんなの初めてやで。今まで雲ひとつないええ天気やったんやで。それが急に空が真っ暗になりよってな。娘の怨念か思いましたで（笑）。まぁそれは冗談やけどな。

慌てて道の駅の売店に逃げ込んだんや。小さな道の駅や。売店と自販機が何台かあってな、ベンチとテーブルが置かれているだけや。平日で誰もおらんかったな。

そしたらそこにバイクが来たんや。ハーレーや。古いハーレーでな、荷物もぎょうさん積んどったな。それが由紀夫さんやったんや。

ともかくびしょ濡れや。売店に駆け込んできたから「これ飲んでや」って缶コーヒーを渡したんや。熱いのを。

「あれ、どうもすみません」

なんや腰の低い人やったな。てっきり若者かと思っとったらカッパとメット脱いだらあんた、わしと変わらんような年寄りや（笑）。

「雨の中大変やな。どこか行く途中ですか？」

「どこっていうわけでもないんですけど、旅の途中です」

「そうですか。なら今日はここらのホテルにでも泊まりですか？」

「いやぁ、ホテル泊まるような金はないんで、天気見ながら南に下って適当なキャンプ地探します」

そんな旅なんかするんか思ってびっくりしましたわ。わしらのまわりじゃミーティング行って1泊して帰ってくるか、遠くて1日じゃ行けん距離やったら途中でホテル泊まるか、せいぜいそのくらいや。何日もキャンプだけで目的地も決めんと走るなんてな、そんなことをするという発想すらあらへん。

「飯はどないしてますの？」

「飯は自分で作る時もあるし、そのへんで食べちゃうこともありますよ」

「ずっとキャンプなら電気もあらへんでしょ？」

「まあ電池式のはありますけど」

経験したことのないことやからね、質問攻めでしたわ。

「携帯電話の充電はどうしてますの?」

「携帯は持ってないんですよ」

もうびっくりですわ。バイク乗るのに、それも旅してるのに携帯も持ちよらんって、むちゃ過ぎるやろう。バイクだってなんや古そうなバイクや。

「あれはハーレーですか?」

思わず聞いてみたがな。ひょっとしたら汚く作った国産バイクかもしれんやろ。なんや最近破れたジーパンやらあるやろ、あの手の最初から汚いモンかと思ってな。

「そうですよ。昔のハーレーですよ」

そらビックリや。70年以上前のバイクや。言うたら、日本が焼け野原だった頃に作られたバイクやで。それがまだ走っとるって、そりゃ驚いたわ。

「壊れんのですか?」

「壊れたらどうしますの?」

もう質問攻めですわ。

わしがずっと喋りまくって、由紀夫さんずっとニコニコしてはってな、なんや話を聞くのが上手いんやな、あの人は。わしの質問全部聞いてから、

「壊れたら直す努力をしてみて、それでも駄目ならそこで旅が終わるだけですよ」

なんやろな、もう神さんみたいな感じやで。悟りきっとる感じや。

「旅は終わりって、遠くで壊れたらどないして帰るんですか?」

「日本の道の上で壊れるくらいなら、どこにいようが死ぬこともないし、どうにかなりますよ」

携帯電話持たんとどっかでエンコしたなんて、考えるだけで怖いで。

まぁ最初の出会いはそんな感じや。わしもミーティングでキャンプはしとるけど、ホンマモンのバイク乗りはすごいなぁって強烈やったな。

なんかちょっと恥ずかしくなるやんか。由紀夫さんみたいな人の前で最新式の壊れそうにないバイクでホテル泊まって、そんで「わしもハーレーに乗っとるんやで」なんてよう言わんで。そのくらいの羞恥心は持ってるで。それがあったからバブルの頃もベンツやら乗らんかったんや。まぁセコイ性格なだけかもしれんがな(笑)。

でもな由紀夫さんは、

「新しかろうと古かろうと、楽しいモノに乗っていればいいんですよ。だからみんな一緒ですよ」

ちっともえばることもなくてな、ええ人やなぁ、しみじみ思ったな。

そんでな、あれはなんでやろうな。いくらええ人でも急にそんな話はすることないんやけど、その日は道の駅で缶コーヒー飲みながら、娘や嫁の話、まぁわしの愚痴やな、それを由紀夫さんに聞いてもらってたんやな。

ああ、勘違いせんといてな。いつもなら初対面の人にそんな話せんで。嫁が相手にしてくれんってことやら、娘の旦那の怪我の件やら話してな。そしたら由紀夫さん、「いいなぁー、それは羨ましい」なんて言いよった。

「何もいいことなんてないですよ」

「鳥越さん、僕はバイカーとして生きていこうと決めたんですよ」

バイカーっていう言葉は雑誌なんかでよう見るな。あんたたちの雑誌でもよう「バイカー」って書いとるやろ。まあ「バイカー」いうのがハーレーに長く乗ってる人やっちゅうことくらいならわかるんや。でもそれだけでもないんやろ。ハーレーを中心にした生活なんてわけわからんやろ。想像もつかんのや。ハーレー乗ってて稼げるわけでもないし、そもそもそんな商売ないやろ。まぁあるとしたらおたくらみたいなハーレー雑誌の編集の人くらいやろ。それが由紀夫さんは自分のことを「バイカーや」と言い切るんよな。それもなんか不思議な感じやったな。

「バイカーとして生きようと決めた瞬間に、僕はものすごくたくさんの価値あるものを手に入れたと思ったんですよ」

言うこと全部が不思議でしょうがなかった。何しろ同じハーレー乗りくらいの感覚やったからな。

「バイカーとして生きる言うて、そりゃどういうことですか？」

一番の疑問を聞いてみたんや。

「簡単ですよ。いつでも、バイクに乗りたいと思った時に乗れるような状態でいたいと思ったんです」

「そりゃあわかりますよ。せやかて仕事もあるし、仕事以外でも日々の雑多なことやらありますやんか」

「それはそうですね。何もかもほったらかしで乗るというわけにはいきませんけど、最低限のことをやっておけば乗れるということですね」

「由紀夫さん、仕事は何してますの？」

「革です。革で財布とかいろいろ作ってます」

ハーレー乗るようになるといろいろな持ち物が変わりよる。まわりと一緒のモンがええやろ思うでしょ。黒いTシャツなんて今まで着たこともなかったけど、今はぎょうさん持っとるしな。まあこの腹が出たオッサンに似合うとも思えんけど、なんやユニフォームみたいな感じでな。服の次は財布やら替えるやろ。わしも革のゴツいの、これやこれ。これに替えたんや。チェーンつけてな。

ハーレーのまわりにはいろいろな商売があるな。バイカー用のファッションやら、シルバーやら、革やら。ミーティングに行ってもぎょうさん店出とるし、人気の店は人が溢れとるやろ。

「そしたら由紀夫さんもミーティングに店出しよるんですか？」

聞いたら、

「いや、うちは受注生産だけなんで、とくに余分な商品もないから、ミーティングでは出店してませんね。ミーティングはバイクで参加してるだけです」

「店はありますの？」

「東京の目黒で『Ｃｏｓｍｏｓ』っていう店やってます。店と言ってもほぼ作業場みたいなもんですけど」

わし最初は「ああ、流行に乗って始めた人やな」って思うたんです。何しろ「コスモス」なんて店聞いたこともないし、由紀夫さんの使うてる財布見たら、なんや地味なホンマ、革で作ったまんまのやろ。これは売れんやろ思うたんです。

こんだけハーレー乗りが増えてるんやし、やっぱまわりのいろんな商売も増えますやろ。でもわしも職人やからね。商売はそう簡単やないし、モノを作るっちゅうことはどういうことかよう知ってるつもりやったんや。だからね、なんや革だけでなんの特徴もない財布やろ、由紀夫さんの財布は。だから「ああ、こりゃああかん」と思うてしもうて。

わしは当時龍の彫られた、あれはなんちゅうたかな？　確か、ほれ、革を彫って模様つけるのあるやろ。えっ？　そうやそうや、カービングや。そのカービングでバーンと龍を彫った財布で、ごっついシルバーのチェーンでな、15万したんやで。そんなの持っとるから、由紀夫さんのは地味にしか見えんやろ（笑）。そやから、ああ、この人はサラリーマンかなんかしててリストラされて革でもやり出したんやな、それで「バイカー」やら言い出してしまったんやないか、と思ったわけや。

「革は何年くらいやってますの？」

試しに聞いてみたんや。

「もうすぐ30年ですね」

そりゃびっくりや。昨日今日始めた素人に毛の生えたもんやろ思ってたら30年やで。

「そしたらバイカーは何年？」

聞いたらそれも30年やいうわけや。

「いかに丈夫で長く使えるか。金具や無駄な装飾もない。質実剛健ですから」

ニコニコしながら、地味なわけを教えてくれた。嫌な顔ひとつせんでね。

まぁ由紀夫さんとはそんな出会いや。

「水原薫が勧めるケーキショップの店内で」

私、オートバイになんて乗ったこともないですよ。いいんですか？　オートバイの本なんですよね。ハーレーっていうメーカーですか？　名前くらいは知ってますけど、どのオートバイがハーレーなのかとかはさっぱりわかりません。

由紀夫さんのオートバイはハーレーなんですか？

そうだったんですね。いつも店の前にオートバイ停めるけど、由紀夫さんのはなんだか古そうだなって思ってました。古くて、あんまり綺麗ではないなって（笑）。

週に2回でしたね。火曜日と金曜日。決まってました。お店が11時オープンで、そしたらすぐに由紀夫さんのオートバイの音が聞こえてくる感じでした。

雨ですか？　そうですね、よく降ってましたね。でも毎回ってわけじゃないですよ。火曜日か金曜日どちらかが雨でした。週に一度の雨ですから、それほど雨に対する印象はないです。

ただ雨だとオーナーがその日作るケーキの粉の配合で少し悩んでいる様子があるんですね。湿気の問題で量を微調整するんです。それと、由紀夫さんはオートバイでハンドルにぶら下げて帰るんです。袋の持ち手をハンドルに引っかけて。だから雨の日は箱に二重にビニールの袋を被せてました。その記憶はありますね。濡れたらケーキも台無しですから。

そうなんですか。由紀夫さんは雨男なんですか。オートバイで雨って大変ですね（笑）。

最初は普通のお客さんとして当たり前の接客でした。こんな言い方したら失礼ですけど、中目黒の客層ってやっぱり女性が中心なんですね。それになんだろう、誤解しないでほしいんですけど、今は由紀夫さんと仲良しになれたし、由紀夫さんみたいな大人はすごいカッコいいと思ってるんですよ。うちのお父さんよりも年上で、それであんなにびゅんびゅんオートバイで走れて、なんだか自由に生きている感じもみんなカッコいいと思います。だから正直に言ってしまいますね。

最初は怪しかったですよ（笑）。

近所の奥様が中心の店にいきなりオートバイですからね。少し怖いというか、警戒心みたいなのもありました。

でも3回目くらいですかね。さすがに私も「あっ、また来てくれた」って感じですね。いつも種類が違うケーキを4つ買うんですね。

「今日は何にしましょうか？」

ショーケースをじっと見ていた由紀夫さんに思い切って声をかけたんです。

「うーん、母がね」

由紀夫さん、すごい悩んでたんです。

「母がここのケーキを気に入ってね。それで実家に行く時に買っていってるんだけど、もう年寄りだからね。『先週食べたのがまた食べたい』とか言うんだよね」

「では同じものにしますか？」

「それが俺も先週何を買ったのか覚えてないんだよ。年は取りたくないね」

そう言ってニコニコしてましたね。

それから私が由紀夫さんの買ったケーキをメモして、次に来た時に教えてあげて、どんどん仲良くなりました。週に2回も来てくれるお客様ですから、そのくらいのサービスはしますよ。

「先日のケーキはお母様の評判はどうでしたか？　喜んでもらえましたか？」

「あれだね。何食べても『美味しい』って言うけど、食べ終わると『でもこの前のが美味しかったわね』なんて言うんだよ」

なんだろう、由紀夫さんと話していると不安を感じないというか、どう言えばいいですかね。例えばお母様の話でも、お年寄りが少し前のことを忘れるのって不安じゃないですか。認知症とかかなって考えてしまうじゃないですか。でも由紀夫さんの話を聞いていると、お母様が由紀夫さんを困らせるためにふざけてそんな風に言っているような気がするんです。

暗い話していいですか。母は私が子供の頃に病気で亡くなってるんですね。だから父に育ててもらったんですけど、父は本当に大変だったと思うんですけど、いつも私にはニコニコ顔で接してくれて、どんなことでも楽しくしてしまう天才だったんです。

例えば、私が母が恋しくて泣いてしまうような時には、母の思い出の絵本を作って読んでくれたんです。絵も父が描いて。

上手くはないんですよ。絵心なんてなかったんですから、下手な絵で、それでも子供の私に嘘やごまかしのない話を書いてくれて、全部で5話あったんです。

母が亡くなった原因の話もあれば家族3人で団欒しているような話もあって、どれも私の記憶にはないけれど実際にあったことがストーリーになっているんです。その中にひとつだけ天国の母の絵本があったんです。

記憶にはまったくないんですが、私は赤ちゃんの頃、雨が降るとぐずったらしいんですね。単純に4月生まれなんで、数ヶ月たった梅雨時期にただぐずっていただけだと思うんですが。

ぐずる私を抱き上げて、母はおかしな節で歌うように、

「雨が早く止んで、薫が笑いますように」

って、私を優しく上下させて、自分は踊るようにしていたらしいんです。

雨が降る中で泣いている私の絵があって、雲の上で母が雨が止むように踊っている絵があって、雨が止んで私が笑顔になる絵本なんです。雲の上で踊る母の絵がひどくて、もう下手なんてもんじゃなくて、なんだろう、子供心にも「この絵は下手だぞ」ってわかるくらいなんです。母だとおぼしきひとが両手を上げてるんですけど、その手が波打っているというか、もう絵本の内容ではなくてその絵で笑っちゃってました。

でも、なんですかね、たった3枚の絵しかないその話で随分救われていたと思うんです。中学生になった時に仕舞ってあった絵本を久しぶりに見たんです。父の絵はヘタウマなような気もしてきて、それは単に何度も見て慣れていたものを久しぶりに見たからなのかもしれませんが、下手なだけじゃない、上手く言えないんですけど、熱さというか力というか、そんな何かがあるのかなって思って。

久しぶりの絵をじっくり見てたら雲の上で踊る母の絵も当然あって、それ見た時に突然涙が出てきて、っていうか涙が溢れだしたんです。

私を楽しませるための父の暖かさがその時にすごく伝わったんです。母がいないのは悲しいことだけど、こんなにも愛してくれている父がいるというのはものすごく幸せで。足したり引いたりはできないけど、きっと答えにすれば私は幸せなんじゃないかって、その時に思えたんですよ。

あっ、すみません。暗い話を長々と。大丈夫ですか？

でもやっぱり中学生くらいになると思春期で父親に言えないことも出てくるじゃないですか。だから父のありがたさはよくわかるんですけど、素直に感謝できないで反発してしまったりして。そんな時でも父は、

「薫ちゃん、一面クリアしたら次はちょっと難しくなるけどさ、大丈夫だよ。失敗することはあっても終わってしまえば簡単だったと思えるはずだ」

なんて、ゲームに例えて言ってましたね。絵本の次はゲームだったんです。学校で流行っていたから私も欲しくて買ってもらったんです。でもみんなゲームはひとりでやるじゃないですか。兄弟がいても対戦ものじゃない限りひとりでやりますよね。でもうちは違うんです（笑）。

「一緒にやろう」

父がゲーム機を2台買ったんです。私の分と父の分を。それで対戦ゲームでもないのに一緒にやるんです。ゲームなんて子供の方が絶対に早く上達するじゃないですか。父は私についてくるのに必死だったと思いますよ。2人で黙って黙々とゲームをやるんです。一日に1時間半って決めてましたね。

「薫、ちょっとだけ待っててくれないか」

私の方が早く進んでいると父がそう言って頼んできてましたけど、最初の方だけですよ、待っていたのは。だって時間制限だってあるんですから、こっちも十分に楽しみたいじゃないですか。でも父は私が寝た後にも必死でやっていましたね。それじゃないとついてこれませんよ。

だから親子関係がぎくしゃくしても、「クリアできる」なんてゲームに例えていたんです。その言葉が私個人のことなのか、それとも父と私、家族のことなのかはわかりませんが、きっとその両方だったんでしょうね。結局諸々大丈夫でしたね。次々とクリアしてやりました（笑）。

由紀夫さんのお母様も由紀夫さんを楽しませるために「前回のケーキが」って言っていたような気もするんです。いたずらっぽく。きっと親は幾つになったって子供の笑顔を見たいものじゃないんですかね。由紀夫さんのお母様の話を聞くとそんな気がするんです。由紀夫さんと父はどこか似ているんです。由紀夫さんの方がスマートで垢抜けていますけど。安心感がありますね。

父のことも由紀夫さんに話したことがあるんです。今と同じようなことを。「いいお父さんだね」ってニコニコして、「大事にしなさいよ」って。そういう時はお爺ちゃんみたいな言い方するんですよ。

彼氏とケンカして別れ話になった時です。すごい落ち込んでたんです。何度もゲームの中でお別れしたんだから、新たなステージに行けばもっと素敵な王子様が現れるって考えたんですけど（笑）、駄目でした。由紀夫さんにも「元気ないね」って言われて。そしたらオーナーが「薫ちゃん、彼氏と別れたらしいんですよ」って余計なこと言っちゃったんです。

その時ですね、由紀夫さんに聞かれたんです。

「いつも店で流れている音楽は薫ちゃんの趣味？」

「これはオーナーの趣味だったんですけど、今では私の方が好きなんです。由紀夫さんも聞くんですか？　クラシック」

「あんまり聞かないけどね。たぶんだけどこれはヴィオラの人だよね」

ビックリしました。世界的に有名な新門さんというヴィオラ奏者のアルバムだったんですけど、クラシック音楽好きじゃないとヴィオラ奏者のアルバムだなんてわからないと思うんです。時々お客様に「ステキなバイオリンね」って言う方はいらっしゃいますけど、ヴィオラだって当てた人はいませんでしたから。

その次に由紀夫さんが来た時はオートバイじゃなかったんです。歩いていらしてお友達と一緒でした。

「薫ちゃん紹介するよ。新門佐喜男君。薫ちゃんが毎日店でアルバム流してるって言ったら、来てみたいって言うから連れてきた」

唖然ですよ。大スターですよ。ヨーロッパでは知らない人がいないくらいの大スターですよ。その人がいきなり目の前に現れたんですから、言葉も出ませんよ。

「新門君は友達なんだよ」

「どうして……」

「彼もバイカーでね。俺と一緒。今はバイカー休業してミュージシャンだけどね」

新門さんはまったく普通で腰の低い人でした。最初は緊張しちゃって何も話せませんで

した。でも新門さんがその時店で流れていたＣＤを聴いて、

「あっ、この音源、ドイツのコンサートだ」

新門さんがソリストのコンサート音源だったんです。私はその中のパウル・ヒンデミットという作曲者の協奏曲が大好きで、

「この曲が好きなんです」

恥ずかしかったけど思い切って言ってみたんです。

「『白鳥を焼く男』だ」

新門さんが嬉しそうな顔で、優しい曲調のイメージとまったく合っていないタイトルを日本語で言ったから、驚いたのを覚えています。

「『白鳥を焼く男』だけでものすごいイメージで、私なりの物語があるんです。私の中のその物語に新門さんの音がピッタリなんです」

新門さんの飾らない感じと優しい笑みが、いつの間にか緊張感を取り去ってくれたんだと思います。この曲を知ってから、なんだか父の描いた空の上で雨を止ませようとしている母の絵本のテーマソングのような気がして、私の中にできていたイメージがあって。それで今考えると恥ずかしい素人の感想を、生意気にも当の演奏者の新門さんに言ってし

まったんです。そうしたら、

「実は僕にもあるんですよ。白鳥を焼く男ストーリーが」

ってすごい喜んでくれて、「白鳥を焼く男」のストーリーで盛り上がったんです。

なんだかあれですね、由紀夫さんってなんでも願いをかなえてくれそうですよね。そのおかげでとても貴重な時間が持てたんですから。

それでオーナーと一緒に新門さんと何枚も写真撮ってもらって。そうなるとカメラマンは由紀夫さんしかいなくて、失礼だとは思ったんですけど「シャッター押してください」ってスマホ渡して頼んじゃいました。

「こういうのわからないんだよな、携帯とか持ったことないからね」

知ってました？　由紀夫さん携帯電話持ったことないんですよ。ビックリしましたよ。でも新門さんとの写真で舞い上がってたから、かまわず押すところを教えて撮ってもらいました。

新門さんはケーキをたくさん買ってくれて、ちょうど帰国コンサートが終わってヨーロッパに戻るオーケストラメンバーへのお土産って言ってました。

この写真がその時のです。由紀夫さんが撮ってくれたのです。サインまでいただいてずっと店に飾ってます。

その日の夜に嬉しくて別れた彼にメールしたんです。新門さんと撮った写真を添付して。それで電話が来て、仲直りしたんです。

なんでしょうかね。父も由紀夫さんも新門さんも、それにこのお店のオーナーも、みんな私にニコニコと接してくれるんです。幸せですね。考えたら時々ケンカしてしまうけど彼氏もそうなんです。

結婚することになったんです。結婚して子供ができたらニコニコ顔で接します。きっと私の母もそうやって私を見守ってくれたと思います。

不思議ですね。由紀夫さんとそんな風に仲良くなりました。きっと由紀夫さんがいなければ私たちは別れたままで、結婚とかもなかったと思います。すごいですよね。革のお店で、オートバイが大好きで、私のお父さんよりも年上で、独身で、携帯電話持ってなくて、でもすごい友達がいて、いつもニコニコしてるんですよ。きっと聞けば芸能人とかの友達もいそうですよね。どう言えばいいんですかね。計り知れないって言うんですかね。由紀夫さんはそんな感じです。

今でもケーキ買いに来てくれます。お母様は亡くなってしまったそうで残念でしたけど、それからも来てくれます。

そうなんですか。由紀夫さんはオートバイで遠くに行くと雨ばかりなんですか。オートバイで雨では辛いでしょうね。でも由紀夫さんならニコニコしていそうですよね。

そういえば由紀夫さんがオートバイに乗る姿って、私の父が描いた絵の雲の上でおかしな踊りをしている母に似ているかもしれないな。そうだとしたら由紀夫さんも雨に向かって「早く止むんだ」って祈ってたんですかね。そうかもしれないな。いろんな人のことを祈りながらブーンって走ってそうですよ、由紀夫さんは。きっとそうですよ。

「鴻山　隆という同級生の嘆き」

なんだよ。オマエらまた由紀夫の特集やるのか。何回やれば気が済むんだよ。もうそういうの流行らねえぞ。俺やれよ。俺のが旬だぞ。

あいつの革なんてたいしたことないんだから。普通に縫ってるだけで「丈夫」なんて言ってるけどさ、革製品なんてみんな丈夫だよ。

聞いたことねえだろ、3日で壊れたウォレットやバッグとか。あいつのは「一生物」とか言ってるんだろ。それでも「壊れたら修理」って矛盾してんだろ。

俺のシルバーの方が丈夫だぞ。由紀夫はよ、「15年前のウォレットの修理が来た」とか言ってるんだよ。俺のシルバーなんて修理に来たのなんてほとんどないぞ。

そりゃあネックレスのチェーン修理とかはあるけどよ、リングが壊れたとかいう奴はいないよ。サイズ変更はあるけど。

まぁだからさ、あいつの言ってることなんて特別じゃないんだよ。ほら、由紀夫は偉そうだろ。偉そうな年寄りが自信満々に何か言えば正しそうに聞こえるんだよ。だからみんな「由紀夫さん」なんてなびくんだよ。宗教みたいなもんだよ。あいつのやり口なんだよ。駄目だよ、あまり信用しちゃ。

俺はつき合い長いよ。もう30年になるか。ちょうど由紀夫が「Ｃｏｓｍｏｓ」を開店した頃だな。俺のシルバーショップがその2年後に開店したから。

当時はさ、ハーレー乗ってる奴なんて少なかったんだよ。乗ってるのはパレードしてる派手なサイドカーでアメリカの警官みたいな制服着たジジイ連中だけ。

値段も今は中古のショベルで100万や200万だろ。当時は20万か30万で買えたからな。それでもハーレーなんて誰も見向きもしなかったよ。

当時は国産バイクの速いのが流行でよ。遅いし重いしすぐ壊れるハーレーなんてな。しかも新車価格が150万とかで、それが中古市場で20万とかじゃ新車買う奴もいないだろ。ショベルの中古はよく壊れたんだよ。ショップだって今みたいにたくさんあるわけじゃないしな。ディーラーもあったけど高いんだよ。だからそこらのバイク屋に持っていくと、普段国産しかやらないからインチ工具もないくらいだろ。そんな店で直せるはずもないから。動かなくなったのをどうにか動くようにはするんだよ。でも根本を解決しねえから、余計に悪くなってな。

だから自分たちでやるようになるんだよ。アメリカの雑誌のメンテナンスのページを辞書引いて訳しながら、必死で読んでな。

俺も由紀夫もショベルを買ってな。ともかく情報も少ないしパーツの名前すらわからないから、同じバイクに乗る貧乏人はすぐに仲良くなるんだよ。

金持ちの派手なサイドカーのパレードオヤジは俺たちのことなんて相手にしてくれないからな。何度かどうしても必要なパーツがあって、オヤジたちのところ訪ねてな、

「レギュレーターが欲しいんですけど、予備とか売ってもらえませんか」

もう、シカトだよ、フルシカト。口も利いてくれねえんだ。何度も頭下げてやっと、

「そんなもんねえよ。他人を頼るくらいならハーレーなんて乗るな」

そんなこと言われるのが関の山だ。

由紀夫ともそこらの道の上で知り合ったんだよ。そんな時代だからな、お互いバイクの情報交換ですぐに盛り上がったよ。それであいつの店が当時は広尾にあったんだよ。そう、目黒の前は広尾でやってたんだよ。

俺の店はずっと恵比寿だろ。近かったからしょっちゅう一緒に走ってたよ。仕事終わってからここらをまわってさ。休みの日には箱根やら、千葉の方とか走りにいったな。

仲良くなってからよ、

「由紀夫の革と俺のシルバーと組み合わせて何かやろうか」

なんてな。なんて言うの？　今で言うコラボっていうの？　あれだよ。それを由紀夫は

なんて言ったと思う?

「いや、そういうのはいいよ」

な、つれねえだろ。まぁなんだか革と金属は革が負けて破れたりする原因になるからって、そんな理由らしいんだけどな。

でもよ、数少ないハーレー乗りとして知り合ってだ。革やシルバーなんてたいして誰にも見向きもされないような商売をしている仲だろ。もう少し愛想良くてもいいだろ。

そりゃあ何度か殴り合いにもなったよ。まぁ昔の人間のつき合いなんてそんなもんだったたろ。

まぁそんなことはいいか。

そんな腐れ縁だからよ。由紀夫と旅したのなんて数えきれないくらいあるよ。おかしなことによ、仕事が終わってこのあたりちょろっと走る程度なら、降られたことなんてほとんどないんだぜ。それが泊まりがけのロングとなると決まって雨だよ。たまんねーよ。

いつだったかな、九州まで走ってよ。宮崎まで行って、四国走ってきたことがあるんだよ。全部で10日ばかりだったかな。そのうち晴れたのが2日間だけだぜ。初日と最終日だけ。

初日は調子よく岡山まで走ったかな。ああ、その頃にはもう由紀夫はサイドバルノに乗り換えてたな。

ところが岡山からはずっと雨だ。まぁこんな性格だからよ、俺はいつでも先頭なんだよ。他人の後ろ走っててそいつが道を間違えるとイライラすんだろ。まあ俺も間違うけどよ、自分のミスは許せるからな（笑）。

そんで、雨でずぶ濡れでもなんとか九州まわったよ。ひとりなら確実に帰ってるな。それくらいにひどい天気だったな。修行だよ。

九州最後の日に「もうテントはこりごりだ」ってホテルに泊まったんだよ。何しろ荷物は全部ずぶ濡れだからな。ホテルで乾いたタオルで身体拭いた時の爽快感は今でも忘れないよ。

翌日は大分からフェリーで高知のキャンプ場目指したんだけど、天気予報は晴れだし、もう大丈夫だろうと、ホテルで服も全部洗濯してな。久しぶりに乾いた服で晴天の中走り出したら、大分着いた瞬間大雨だ。

まあ後はフェリーで、高知に着いたらキャンプ場までたいした距離でもないからよ、それに予報じゃ高知も晴れだったしな。

高知着いても大雨だよ。おまけに陽も沈んで暗くなってな。高知の田舎道だ。ヘッドライトが照らすのは真っ暗な道と、激しい雨の飛沫だけだ。

そんな状況だし、初めて行くキャンプ場だろ。徐々に道が怪しくなってきてよ。それでも先頭走ってるの俺だから、間違えたって止まるのも嫌でな。そのままどんどん走り続けたんだよ。

道路はどんどん狭くなってな、急な上り坂を走り続けて、こりゃあいい加減地図で確認しなけりゃあ駄目だろうってな。それで一度止まったんだよ。

「道が違うな」って後ろの由紀夫に声かけたら、あいつも当然ずぶ濡れでよ。それに俺らの年になると雨の夜道なんて見え辛いんだよ。老眼や鳥目でな。それなのにあいつはニコニコ顔でよ。「こういうの久しぶりだな」なんて嬉しそうなんだよ。そんな変態につき合ってられないからよ、地図出してキャンプ場確認したら、もう近いはずなんだけど、どうにも現在地がはっきりしないんだよ。そこでマグライトでまわりを照らしたんだ。

そしたら俺たちの止まった真下にダム湖があったんだよ。止まった道路はすっぱりと切れ落ちた谷沿いでな。ガードレールも何もない踏み外したら真っ逆さまに50メートルは落ちそうな場所だぞ。

　おかげで現在地ははっきりしたけどな。恐ろしくてよ。怖々そこでUターンして、少し下ってキャンプ場にたどり着いたんだ。

「いやーすごかったな、さっきの道は」

　キャンプ場で落ち着いて、水場が東屋になってて濡れずに済むから、そこで飯食いながら一杯やってたら由紀夫は嬉しそうに言うんだよ。

　こっちにすりゃあ冗談じゃないぜ。大雨だって由紀夫のせいだろうって気分になってるしな。

「冗談じゃねえよ。道踏み外して死んでてもおかしくねえぞ」

　って怒ったんだよ。

「まぁな。でも生きてるだろ、俺たち。俺が前走ってたら落ちてたかもな。オマエだから助かったんだ。そして助かったからこんな美味い酒も飲めるしな」

　俺が怒ることなんて由紀夫にしてみれば屁でもねえんだよ。それで、

「これがまた来年あたりの旅の時に笑い話で盛り上がるんだ」

　なんてな、どこまでも楽しそうだ。相変わらず雨はひどいし、俺はかなりテンション下

がってるのにな。

帰り道もずっと雨だ。東名の足柄だったかな。最後の給油で、俺はもう疲れ果てて荷物のすべてが濡れててよ。夏だっていうのに身体は寒さで震えてるしな。

あれは不思議なんだよな。クルマの連中は半袖半ズボンでよ、楽しそうにしてるんだよ。俺たちバイク乗りは震えながら開き直って、そこらじゅう濡らしながら歩いてるんだ。それでクルマの連中にジロジロ見られるのかといえばそんなことはないんだ。あいつらにはたぶんバイク乗りなんて目に入らないんだぞ。ぐちゃぐちゃの濡れねずみで椅子なんて座れば滴る雨水で半径1メートルは水溜りなのに、それでも誰も注目すらしないんだ。

もう肉体的にも精神的にもボロボロだ。

「じゃあな。また走ろうぜ。楽しかったよ」

由紀夫はガソリン入れて帰っていったけどな。俺はクソもしたくねえのに便所の個室でガチガチ震えながら少し寝てな。それから帰ったよ。あいつのタフさには敵わねえと思いながらな。

でもよ、由紀夫は雨に慣れてんだよ。本物の雨男だからな。晴れてりゃあ九州くらいでそんなに疲れねえしな。年のせいにはしたくないけど、さすがにもうそれを認めてもいい年だ。だから若い頃のように体力はねえけど、同じ年の由紀夫に負けるのは許せねえな。

あいつとの旅の思い出なんてほとんどが雨の記憶だぞ。そんな話ならいくらでもある。北海道編、東北編、東海関西方面編、それぞれに嫌で辛い記憶があるよ（笑）。

最近はめっきりだな。年に数回知り合いのやってるミーティングに行くくらいだ。純粋な旅はここ数年してないな。

由紀夫は飽きもせずに走ってるんだろ？　そういう奴だよ、あいつは。どうかな、もう一度くらいならあいつと旅に出てもいいかな。もう俺らの年になれば「これが人生最後」っていうのも増えてくるからな。

まあ雨ばかり降らすろくなもんじゃないよ、由紀夫はよ。

バイク乗りじゃなくてよ、オマエら雑誌が使う「バイカー」って言葉はよ、たぶん由紀夫みたいな変態のための言葉だぞ。褒めてんじゃねえぞ、バカにして言ったんだからな。

でもよ、あいつが走ってればよ、俺らの年代も捨てたもんじゃねえだろ、ってな。そんな風には思えるけどよ。

「鳥越藤吉を支える香りの話　後」

「バイカーとして生きようと思って、いつでも走れたり旅に出たりできるような暮らし、それが革屋だったんですよ」

「それでも急ぎの注文とかあるやろ？」

「それはまあいろいろありますけど、少なくとも2週間先に旅に出たいと思えば調整はできますからね。そういうスタンスですね」

「で、さっき言っとった『価値あるものを手に入れた』っちゅうのはなんですか？」

「それはほら、自分ひとりが食えて旅に出る金があればいいんだから、余分な仕事なんてしないでいいストレスのなさとか、自由な環境とかですかね」

「そっちのがええやろ。なんでわしが羨ましいんです？」

「手に入れたものもあるんですけど、そのために手に入れられなかったり失ったものもあるんですよ」

「何を失ったんやろ？」

「僕は鳥越さんのようにケンカする子供もいないし、ギスギスする嫁さんもいない。自由に走りたいからそれを手に入れることができなかったんです」

「そりゃあしゃあないで。自分で選んだんやろ」

「そう、そのとおりです。だからそれはしょうがない。それは重々承知していますが、でも、それでもやっぱりこの年でひとりというのが淋しいのも事実なわけですよ」

「そりゃあそうやろな。由紀夫さんは幾つなんや？」

「もうすぐ還暦ですよ」

「そうか、それでひとりは厳しいな」

「そうです。だから鳥越さんが羨ましいんですよ。本気でケンカできる家族がいるんだから」

「わしは由紀夫さんみたいな、ひとりで気楽の方が羨ましいけどな」

「それですよ。鳥越さんは家族を手に入れたけど気軽さを失った。僕は気軽さを手にしたけど、鳥越さんみたいに家族を手に入れそこなった。人は誰しも何かを手に入れて、その代わりに何かを失うんじゃないですかね？」

難しいことはわからんけど、なんや由紀夫さんが話すことはわかりやすいんやな。

娘の話やら嫁さんの話やらしてたら、由紀夫さんが、

「ミーティングに奥さんを連れてくればいいじゃないですか」

なんて言い出したんや。

友達と温泉やら海外旅行やら行くけど、きっとキャンプなんてうちのオバハンにしたら絶対に嫌がるやろ。それどころか、「そんな汚いことできるか」言うて怒られるのがオチやろ。そんなこと考えたかな。

由紀夫さんと最初に会った時はそんな話で別れたんやわ。なんでやったかな。娘のこともあってオバハンもわしに気い使うてくれてたんかな。暇そうな時に「一緒にミーティング行ってみいへんか？」って駄目元で誘ってみたんや。

「キャンプするんやろ？」

「そうやで」

「行ってみようか」

ってな。そりゃあビックリやで。誘っておいて驚くのもおかしな話やけどな。

で、後ろに乗せて新潟のミーティングに行ったんや。福井で日本海に出てそこから海沿いをずっと下道でな。天気もええしオバハンも上機嫌や。途中でソフトクリーム食べたりしてな。なんや昔に戻ったみたいな感じがしてな、ああ、こんなのもええな思ってたんや。

だんだん新潟に近付いてきたら雲行きが怪しくなってな、そのうち雨が降り出して、会場に着く頃には大雨や。全身ずぶ濡れで寒うて寒うて、オバハンもわしも震えとった。そりゃあオバハンの機嫌もどんどん悪うなりよる。

でもな、タープ張って、その下にテント張って、濡れんようにしてからすぐに焚火してな。どうにか頑張ったんやで。頑張ってラーメンも作ってな。雨も止んでオバハンもそこそこ機嫌直ってきたんやわ。でもな、そんな時に限ってまわりの連中がバカ騒ぎや。

オバハンにしたら初めてのミーティングやしな。疲れんようにのんびり2人で過ごそう思っとったんや。そしたらまわりの連中が勝手にタープに入ってきて大騒ぎや。オバハンも最初は愛想よくつき合ってたんやけどな、だんだん顔が曇ってきよってな。ついにはテントに入って「来るんやなかった」言い出したわ。

帰り道は思いっきり美味いもん食べさせて、機嫌直してもらって、楽しい思い出で終わらせなって、必死で帰り道の景色のええコースを考えてたんや。

ところが起きたら大雨や。もう荷物片付けてる時から、オバハン、嫌な顔や。こりゃまずいって思っとったけど大当たりや。走り出して1時間もしたら「どこかで止まれ」って後ろで叫んどるんや。こりゃあアカン。すぐにコンビニに入ったら、オバハン「もう電車で帰る」言い出してな。

わしも必死に止めたけどそうなったらうちのオバハンはもう駄目や。言うことなんて聞くわけないわな。今にもヘルメット叩き捨てて行ってしまいそうやったんや。

その大雨の中に現れたんや。誰がって、由紀夫さんやがな。

最初に会った時と同じや。ずぶ濡れで今度は黒いバイクで現れたわけや。その時にはわしもハーレーについてちょっとは詳しくなっとったからな。由紀夫さんのバイクがパンヘッドやいうのはすぐにわかったわ。

「なんや由紀夫さんやないか」

由紀夫さんはわしの顔見て笑ってるんやけど、半分困った顔してたわ。忘れてたんやろ、わしのこと。

「ほら、前に道の駅であった鳥越や」

そしたらすぐに思い出してくれたわ。

「ああ、家族のことで悩んでた鳥越さんだ」

そしたらな、

「あれ？　奥さんですか」

ってずぶ濡れなオバハンにも気がついてな。オバハンはいきなり現れた由紀夫さんが誰かわからんし、キョトンとしよってな。そこに由紀夫さんが、

「初めてですか？　バイクは。どこかのミーティングの帰りですか？」

ってな。そんな知らん街のコンビニで偶然会うなんていうのが信じられんでしょ。だからオバハンもわしも驚きましたわ。

「こんな雨じゃ嫌になるでしょ」

由紀夫さんはちっとも嫌そうやない様子でそんなこと言って、オバハンが渋々うなずくと、

「でもね、奥さん」

なんや訪問販売の営業マンみたいな言い方でしたわ。

「でもね、こんな雨も悪くないんですよ。これでずぶ濡れになって寒いし気持ち悪いし、それでも走ってると、そのうち天気がよくなってそうすると乾いてくるんですよ、服が」

そんな当たり前のことをえらい嬉しそうに話すんですわ。雨なんか止みそうもないのに。

「本当ですよ、奥さん。雨の中を走り続けて晴れてくると本当に気持ちいいです」

「でも雨止まんでしょう」

オバハンも由紀夫さんの話に引きずり込まれてましたね。

「止みますよ、絶対に。だって関西方面に戻るんですよね。僕は関東に。逆だから。ね、

逆だから止みますよ」

　由紀夫さんがそんなこと言い出して、オバハンぽかーんとしてましたわ。

「僕はね、奥さん。嫌がる人間に嫌なものを勧めたりはしません。酒を飲めない人に『まあま あ一杯だけ』なんて愚の骨頂だと思うんです。だからバイクが危険だとか不快だと思う人に『乗ってみなよ』なんて言いません。でもね、奥さん。鳥越さんと偶然出会ってちょっとだけ話を聞いて『奥さんも連れていくといいですよ』と勧めてしまったんです」

　コンビニのひさしで、雨の激しさはまったく変わらんでね。それでもタオルで拭いて、濡れたカッパ脱いだからか、オバハンもだんだんさっぱりした顔してましたな。

「だからね、奥さん。もう少しだけ鳥越さんの後ろに乗ってみませんか。例えば今日の帰り道。家まででもいいんです。このままバイクで帰ってそれでも嫌だったらもうやめればいい。だから家まで、もう少し雨に当たるかもしれませんが、家まで行ってみませんか」

　由紀夫さんはオバハンが怒り狂って「もう電車で帰る」って言い出したのを知らんはずなんですよ。不思議議ですな。オバハンも初対面の由紀夫さんが現れてから怒った顔はしとらんはずでしたし、由紀夫さんはそういう不思議なところがありますよね。

　わしがそこでいっぺんコンビニに入って、温かいお茶にオバハン用の使い捨てのカイロ買うて外に戻ったら、どんな展開か2人でゲラゲラ笑っとるんや。なんや知らんけどキャンプでの料理の話にまでなっとったわ。

「そしたら今度作ってみますわ。マーマレードに醤油だけでええんですか?」

オバハンもよそゆき用の言葉使いで機嫌よさそうに話しとったわ。

「今度はどこかのミーティングで会いましょう」

由紀夫さんはそう言って走っていったんですわ。そしたら雨がだいぶ弱くなって、オバハンも黙ってバイクの後ろに乗ったから、わしらも走り出しました。

不思議やったな。走り出してすぐに雨は止んでな、雲ひとつなくなって青空がばーっと広がってな、景色が綺麗やったな。さっきまでの不機嫌が嘘のようにオバハンもはしゃぎ出してな。途中で飯食ったり土産物買ったりして、ウキウキしとったわ。気がつけば服は全部乾いてな。

「由紀夫さんが言うたとおりやな。ホンマに気持ちいいな」なんて言い出しよった。最後に休憩した道の駅では、「今度はどこのミーティング行くんや?」なんて聞いてきよってな。「来月に滋賀であるのに行くつもりやで」「それも一緒に行ったるわ。なんか美味いもん作ってやろ」

それからはほとんどのミーティングに一緒に行ったわ。みんなに「敏江さん、敏江さん」呼ばれてな。わしよりも有名やったんやないかな。そのうちにキャンプ道具はわしよりも詳しくなってな。「今度は焚火台買うわ」とか、「うちとあんたの椅子は低いのにして、このテーブルに替えるで」てな、なんやいろんなモノ揃えてな。バイクに積めることも考えて、結局荷物はオバハンの管理になってな。

だからやろな。わしらのタープによう人が来てな。その人らに酒やらツマミやら出してな、甲斐甲斐しく働いとってな。

「今度は東北のミーティングに行かへんか」なんて言い出してな。「さすがに東北は遠いし辛いで」言うたら、「アホか。由紀夫さん見てみい。日本中どこにでも行くで」で、結局、夏に岩手のミーティングに行ったんですわ。そしたらそこに由紀夫さんもいたんや。

由紀夫さんもうちのタープに来てくれてな。オバハンが豚肉の塊をマーマレードと醤油に漬けたのを焼いてな。あれは美味かったな。誰に出しても「美味い、美味い」言いよったわ。それが雨のコンビニで由紀夫さんに教わった料理らしいな。

「奥さん、俺が作るのより十倍美味いよ」

由紀夫さんも大喜びで食べてくれてな。その日もえらい由紀夫さんと盛り上がってたな。しまいにゃ、

「あんたのその派手な財布やめて由紀夫さんに作ってもらい。私もそんな紐がついた財布欲しいから由紀夫さんに作ってもらうわ」

ベストやらは恥ずかしいから着られへんわって言ってたオバハンが、初めてバイカー風のモノを欲しがったんですわ。「そんじゃあ今度東京行ったらお願いしよか」ってことになって、「楽しみやね」そう言ってニコニコしてたわ。恥ずかしい話やけど、あの時のオバハンは可愛かったで。

どのくらいやろ。そんな風に5年は一緒に全国走りまわったな。楽しかったで。そりゃあ楽しかった。

一度北海道に行くことになってな。みんな言いよるやろ「北海道はええで」って。「それじゃ行ってみよか」ってなったんやけど、さすがに北海道までの長旅は辛いやろ思って、「クルマでもええぞ」言うたら、「クルマなら行かへんで。あほらしい」言いよるんよ、オバハンが。

1ヶ月近く走ったかな。関東まで走って大洗からフェリーで渡ってな。フェリー乗って

から思い出したんや。そういや昔家族旅行に行ってフェリー乗った時に、オバハンえらい船酔いになったんや。心配になってな。「大丈夫か?」って。また機嫌悪くなったらかなわんやろ（笑）。すぐに売店で船酔いの薬買うてきたんや。

「私もさっき昔のこと思い出してな、でもなんや大丈夫そうな気がするんよ。なんでやろ。バイクで鍛えられたか（笑）」

そう言えば2人だけの時に笑うことなんてまったくなかったんやけど、その頃はよう笑いよったな。

苫小牧に着いて、地図見ながら釧路方面に向かって。のんびりや。1日200キロしか進まんこともあった。綺麗なキャンプ場があればそこにテント張ったし。温泉も立ち寄るし、美味そうなものがあれば食べてな。8月入ってすぐに行ったんや。オバハンは「宗谷岬だけは絶対に行く」言うて。そやから時計と反対まわりでゆっくりまわってたんや。

途中で鶴居村ゆうとこがあってな。無料のキャンプ場なんや。そこが居心地よくてな。隣にホテルがあってそこの温泉も使えるしな。バイクだけやなくて、クルマや自転車で来てる人もたくさんいてな。みんなが楽しそうにしているんや。隣りの人が釣った魚くれたり、うちのオバハンも得意の肉を焼いて近所に配ったりな。

気がついたらそこに1週間もおってな。釧路の近くや。苫小牧から釧路なんてゆっくり走っても1日の距離やろ。北海道に来てから10日以上たってまだ鶴居村やからな。そんでも帰る日も決めとらんしな、このままのんびりでええか、そう思ってたらな、

「あかん。15日には宗谷岬に行かんと」

オバハンがえらい慌てだしてな。

「何言うとんねん。お盆時期はどこも混むからのんびり行ったらええやろ」

「あかん。明日にでも出るで。さっさと準備し」

最近機嫌よかったのに久しぶりにピリピリしてな。しゃあないから翌日の朝に出発してな。それでも根室、知床、網走まわってな、それで15日に宗谷岬に着いてな、丘の上にテント張ったんや。そしたらワゴン車のレンタカーが来てな。驚くことに乗ってたのは息子家族と娘家族や。

息子は毎日顔合わせるけど、娘は怒鳴られてから一度も会えてへんからビックリやで。娘はお腹も大きくなっててな。オバハンの作戦でわしを驚かせるために内緒でみんなで宗谷岬でキャンプする作戦を立ててたらしいんや。

久しぶりに話す娘は「お父ちゃんごめんな」言うから、「もう何も言うな。悪いのはわ

しやで。そんなこと言うとお父ちゃん泣いてしまうで」

その日は家族全員揃って初めてのキャンプや。オバハンはまた豚肉の塊をマーマレードと醤油で焼いてな。わしはもう飽き飽きやったんやけど、息子も息子の嫁も、娘もそのダンナもみんな「美味い美味い」って笑いながら食っとるんや。わしはそれだけでも涙が出そうなくらいに嬉しくてな、焚火をずっといじってたわ。

わしの人生それほど間違ってなかったのかもしれんな。初めてそんな風に思えたんや。オバハンには一生頭が上がらんで。ずっと一緒にあちこち走って、大切にしてやろ、そう思ってたんやけどな。オバハン、その半年後に死んでもうた。

最初は「下腹がチクチクする」くらいで、それが3日も続いたから病院に連れていったんや。最初は「食あたりですかね」なんて医者も気楽に言うとったんや。それがレントゲン撮ったらちょっと怪訝な顔しよる。「一応やっときましょ」そう言われてエコーいうやつやったら、「すぐに紹介状書きますから大学病院に行ってみてください」みたいなことを言いよるわけよ。それでもわしはまさかなって思ってたよ。あれほど元気にしとったんやで。

ところが大学病院行ったら「即入院です」や。次の日には家族全員で集まってくれやで。

悪いけど病気のことはそんなもんでええかな。今でもあんまり思い出したくないんよ。

1ヶ月入院して、あとは家におった。死ぬまで。

その間に割と元気な時もあってな、バイクで東京にも行ったんよ。由紀夫さんのとこや。財布のオーダーでね。その時はオバハン随分痩せてしもうてな。病気のことは誰にも言ってへんから由紀夫さんも驚いてたで。普通なら気を使って変な空気になってしまうのに、由紀夫さんは違うんや。

「あれ、そんなに痩せちゃって。病気ですか?」

ずばりと聞いてくるんや。

「厄介な病気になってしもうたんや」

オバハンも正直に言うてたな。

「ほら、良い人ほど病気になったりするんですよ。でも大丈夫。良い人はね、苦しんだ後に必ずもっと素晴らしいことが待ってますから」

由紀夫さんはそこからずっと喋ってたな。バイクの話も、キャンプの話も、バイカーの話もして。

「いやあ、でも奥さん、鳥越さんがバイカーで良かったね。日本中走りまわる経験なんてなかなかできないし、これからもまだまだ走れるんだから」

わしは２人の会話を聞きながら、東京の空も青いんやなって思ってた。

「財布はいつできるやろ？」

オバハンが聞くと、

「うーん。今注文が溜まってるんですよ。３ヶ月はかかるかな」

オバハンの痩せ方見たら重病だということはわかる。それでも「すぐにできる」なんて言わんで正直に話してくれるのが嬉しかったで。なんやオバハンの命はまだまだ続くような気がしてな。

「そうだ、奥さん。鶏肉をね、塩麹とオリーブオイルに漬けて焼くんですよ。キャベツと塩昆布混ぜたのと一緒に食べたら最高ですよ。来年是非やってください。キャベツは春キャベツが良いんです」

「美味しそうやね。豚肉はどこで出しても評判良かったんや。由紀夫さんのおかげやわ。来年は鶏肉やね。財布楽しみにしてます」

秋だったな。目黒まで行ったからオバハンが、「テレビでよう見る銀杏並木見たいな」言うんで神宮まで行ってな。えらい綺麗やったな。黄色い葉っぱが一面に広がっとってな。

ああ、いかんな。どうもまだオバハンのこと考えるとしんみりしてしまうな。

帰りは草津の温泉に寄って、軽井沢見て帰ってきたんや。良い天気で秋の空が青かったな。帰ってきて1週間は元気にしとったな。

それから食欲がなくなって、あとは寝たきりやな。

「あんたありがとう。バイク楽しかったで」

死ぬ3日前からそんなこと言い出してな。娘んとこ夫婦と息子夫婦全員でオバハン囲んでな。それでもまだ助かってくれって祈ってたんやけど、

「財布間に合わんなんだな。今頃由紀夫さん必死に作っとるやろな」

そんなことも言ってたな。

最後は、

「みんなで仲良くせなあかんで」

と。

「父ちゃんは頑張って働いたんやから、もうバイクで好きにさせてやってな」

苦しむこともなく息を引き取ったんやけど、ホンマは苦しかったんやないかな。我慢強い性格やからな。

想像以上にガックリきたな。

驚いたんは通夜の日や。大雨やったな。バイク仲間には気を使わせても悪いし連絡せなんだ。そしたら由紀夫さんが現れたんや。いつもどおりのずぶ濡れや（笑）。葬式の準備ができた家の様子見た由紀夫さん、愕然としとったわ。

「まさか、鳥越さん。奥さんか」

「そうなんや。一昨日死んでしもうて」

間に合わなかったんやから由紀夫さんも悔しかったやろう。そやけどすぐにすっと普通の顔に戻ってな。

「そうですか。それは御愁傷様です。お悔やみ申し上げます。お顔を拝見させてもらえますか」

今せなあかんことを、冷静に判断できるんやろうな。すごいな、由紀夫さんは。それでいて義務的な冷たさなんぞ微塵もないやろ。温かいんよな。判断して起こす行動は、相手のために何をすればいいんかを考えてやりよるんやろな。棺桶を開けるやろ、

「頑張ったね、奥さん。財布間に合わなくてごめんね。今日持ってきたんだけど」

オバハンが言ってたとおり、由紀夫さん必死で作って、わざわざ見舞いついでに持って

きてくれたんや。雨の中大阪までバイクで。

しばらくオバハンの顔見ながら声を出さずに涙ボロボロこぼしてくれてましたわ。

「これは鳥越さんの」

わしは黒で、オバハンのは綺麗な茶色のピカピカに光りそうな革や。丁寧にラップとビニールで包まれて、雨に濡れんようにな。

今まで使ってた龍のカービング財布も良いんやで。でもな、なんや、このシンプルな由紀夫さんの作った財布見てると、人生もシンプルにわかりやすく、丈夫で生きていくのが正解のような気がしてきてな。

由紀夫さんはそのまま、わしが「泊まっていってや」とさんざん引き留めたんやけど、「明日は葬儀でしょ。それだけを考えて。俺は大丈夫ですよ。またの機会に泊めてもらいますよ」　そう言ってまた大雨の中、帰っていったわ。

そうや、由紀夫さん「袋もなくてすみません」ってハンカチに包んで香典を寄越したんや。「いらんで。そんなのいらんで」何度断っても引っ込めへんから、香典返しの粗品を渡したんや。海苔やら御茶やらのつまらんもんやけどな。そしたらバイクに乗る前に、「駄目だ鳥越さん。これ積んでも東京に行く前に雨でボロボロになっちゃうから。預かっといて」

わしはな、そんな時やのに大笑いしてしもうた。寒い寒い冬の雨やで。そんな時に冷静にそんなこと考える由紀夫さんが可笑しかったんや。

翌日の葬儀は冬晴れや。雲ひとつないポカポカ陽気や。やっぱり無理してでも由紀夫さん引き留めるべきだったかな。そんなこと考えてたの覚えてるわ。

死んだのが冬やろ。春まで家から出ないでガックリしとってな。なんや気が抜けてしまってな。バイク仲間にはキャンプやら誘われたんやけど、どうにも行く気になれんしな。そんなわしの様子見に来た娘が、「もう春やで。冬眠もたいがいにしてバイクでも乗ってくれれば」言うてくれてな。

それでもどうにもやる気が出ん。週末に関西で大きなミーティングがあってな。久しぶりにそれに行こうかと考えてたんや。それでも週末の天気予報が雨でな、そんならやめとくかって考えてたんや。

金曜日やったな。明日からそのミーティングやけど、大雨や、やっぱり家で寝とこうと決めた時や。由紀夫さんの登場や。なんの連絡もなしに急にや。もちろんずぶ濡れやな（笑）。

「鳥越さん。約束どおり泊りにきましたよ」

「そりゃええけど、由紀夫さんはいつも急に現れるな」

「言ったでしょ。携帯電話とか持ってないんですよ」

「それだって、東京出る時にでも連絡くれたらええやないか」

「一応東京出る時は鳥越さんのところに行こうとは考えてますけど、途中で行くとこ変えちゃう可能性もあるんでね」

「相変わらずやの、由紀夫さんは」

そうは言いながらも、わしは滅茶苦茶嬉しくてね。こうしてちゃんと小さな約束でも守って、遠くから来てくれるんやから。

「明日ミーティングに一緒に行きませんか?」

由紀夫さんに誘われて嬉しかったんやけど、雨がひどくてな。

「せやけど明日も雨ですよ」

言うたら、

「絶対に雨ですね、明日もたぶん明後日も」

「そんなはっきり宣言されたら余計に行きたくなくなるわ(笑)」

そしたら由紀夫さんに、

「鳥越さんの奥さんに初めて会った時に『雨だからこそ走っていて気持ち良くなる時がある』っていう話をしたから、今鳥越さん誘わないと嘘になるような気がして」

そんなこと言われてな。その日はオバハンの仏壇の前で２人で飲んだんや。気の利いた小料理屋でも案内しようか思ってたんやけど、由紀夫さんが「ここで飲みましょう」言うもんやからね。

優しい人やで、あの人は。

気が進まなんだが、ともかく雨の中ミーティングに向かったんや。バイクの荷物はオバハンが積んだままでな。ガレージで荷物解いたら、たぶんいろいろ思い出して、走る前に泣き崩れそうやからな。

大雨の中久しぶりのバイクや。嫌な感じはなかったな。なんでやろ。雨やから春先でもまだ寒いやろ。それでも嫌な気持ちにはならなんだ。それどころか安心感みたいなもんがあったな。

大雨の中ずぶ濡れで走る由紀夫さんはバックミラーの中で笑っとるんや。わしに笑いかけてるわけやなく、こんな楽しいことはないって感じや。ガキが初めてバイクに乗れるようになった時みたいな顔やな。

会場に着いて久しぶりに荷物を広げたんや。正直どこに何が入っているかわからんやろ。全部広げた。でもな、その荷物はオバハンが畳んだままや。広げたらオバハンの痕跡を消してしまうような気もする。でも広げな何もわからん。そんなジレンマがあってな、やっぱり来るんやなかったかな、思ったんよ。

そん時にな、見つけた。テント広げた時や。そん時にあのマーマレードと醤油のいい香りがほのかにしたんや。オバハンの匂いやな。そん時にな、全部思い出したんや。

研磨屋の事務してた時は石鹸の匂いやったな。結婚してからちょっと余裕が出た時に微かに香水の匂いがして、子供ができて乳の匂いになってな。オバハンになってお香か虫よけの芳香剤みたいな匂いになって、一緒にバイクで旅するようになった時に、このマーマレードと醤油のタレで焼いた匂いや。そのどれもが、その全部がな、わしの安心やったんや。テント広げた時の微かな残り香が愛おしくて愛おしくてな、わし、恥ずかしいけどその場で泣き崩れてしもうた。テント抱きしめてな、声を出して泣いてしもうた。もうオバハンの匂いともお別れやと思うと悲しくてな。

由紀夫さんは何も言わんと、わしの横にいてくれた。どうにか落ち着いて、タープやらテント立ててもどうにも辛くてな。

由紀夫さんは雨の中で素早く準備して、タープの下で焚火してくれて、クーラーボックスからあの肉を出してきたんや。由紀夫さんから教わった料理やからな、言ったらホンマモンやな。消えてしまうと思ったオバハンの匂いがタープの下に充満してな、ものすごい安心感に包まれたんや。

さっきバイクの上で感じた安心感と同じやな。バイクやら走ってるからじゃなく、オバハンを近くに感じた安心感やったんやな。男なんて乳離れできたと思えば、今度は惚れた女に頼りきって、死んでしもうても離れられん。不自由なもんやで。

そのうちにわしらのタープにはたくさんのバイカー仲間が来てくれてな。

「なんや鳥越はん、案外元気そうやないか」

「新しい嫁でも探しに来たか」

「これでここで騒いでも鳥越さんの奥さんに怒られないで済むな」

みんな好き勝手言うけど優しい顔や。由紀夫さんが焼いてくれた肉を食べるやろ。そしたらみんなが、「敏江さんの味やな」そう言って泣いてくれたわ。ほんで「これ持ってきた」ってみんなが写真をくれるんや。そこにはわしとオバハンのいつの間にか撮られた写真やら、オバハンひとりの写真やら、見たことのない写真ばかりや。その写真のどれもこれも、みんなオバハンは嬉しそうな笑顔や。

「あかんなぁ」

みんなが寝静まった頃や。ぽつりと呟いたら、由紀夫さんが起きてて、

「鳥越さん。晴れましたね」

空を見上げたらいつの間にか雨が上がって星空や。気持ちいい春の風が抜けて湿った空気が一掃された感じや。それでもタープの下には肉を焼いた匂いが残っとる。わしの気持ちは湿ったままやな。

「あかんことはないですよ」

由紀夫さんは焚火に照らされた赤い顔でわしを見つめて言うんや。

「私は何を失い何を得たのでしょうか？　変わってしまったのは何で、変わらないのはどんなことでしょうか？」

由紀夫さんはマグカップに残った焼酎のお湯割りを飲み干して、誰にともなくそんなこと言ってな。

「ああ、酔った。寝ますね」

そう言ってテントに入ったんや。

わしはひとりタープの下で、もらった写真眺めながらまた少し泣いてな。オバハン失うくらいなら何も得んでもいい思ったんやけどな。でもわしは家族や仲間に囲まれてて、それは変わらん。

考えても答えは出んわな。失ったものには2種類あるのかもしれん。取り返しのつくものと、もう二度と戻らないものやな。今のところはそんな答えしか出せんな。まあ一生出んのかもしれんけど。

翌日は予報が外れてカラッと晴れてた。タープにもテントにもたっぷりあの香りが染みついてたわ。ひと安心や。

「由紀夫さんありがとうな」

「何もしてませんよ」

「由紀夫さんのおかげでこうしてミーティングにも来れたわ。これからはまた走りよるで。また会いましょう」

「あっ、鳥越さん」

「なんです？」

「俺、方向音痴でこの場所がどこかわからないんで、鳥越さんの家まで着いていっていいですか？　そこからならわかるから」

大笑いやで。日本中嫌っちゅうほど旅しとる由紀夫さんが方向音痴やて。それで一緒に家まで走ってな。

「あっそうや。由紀夫さん、忘れてた、これ」

通夜の日に渡した香典返し渡してな。

「なんや久しぶりにバイクに乗ったら包まれているような安心感があるんやわ」

そんなこと言いよったら、

「そんなもんですよ、俺たちバイカーは」

無性に嬉しかったな。あんなゴリゴリのバイカーに「俺たちバイカー」って一緒にしてもらうたんやで。

「また走りましょう」

そう言って由紀夫さんが走り出した瞬間に大雨や。あれやな。あの時の香典返し、結局は雨でボロボロになったはずやな。しゃあないな。得たもんと失うもんやで。

ええんかな、そんな話で。それがわしと由紀夫さんの関係やな。

こんなんで取材になったかな。

由紀夫さんの取材なのにわしのことばっかりやろ。大丈夫か？　そうか、役に立てたならええけどな。

まだまだ走るで。最近はオバハンの写真バイクに貼ってな。今年はオバハンと一緒にまわった北海道にまた行くつもりや。

ちょっと落ち着いたからかな。最近考えるんは、ひょっとしたらわしはオバハンのことを失ってないんやないかな。いや、それは死んだんやからいなくはなったけどな。それでもいつも近くに感じていられるしな。得たものはたくさんや。まだ失ったものはないのかもしれんな。そう思うんや。

「佐藤由紀夫という生き方」

どうにかこうにか納品の約束がある品を作り上げたのは午前2時をまわった頃だった。約束の日まではまだ2日の猶予があったが、どうにもこうにも旅立ちたくて落ち着かない。納品日が決まった作りかけの財布やらバッグが5個。これを作り上げられれば旅に出ようと、由紀夫は決めていた。

気がつけばここ半年ほど長距離を走っていない。3ヶ月前に新潟まで1泊のミーティングには参加してきたが、往復400キロほどを長距離とは思わないし、それで満足できるはずもない。新潟は当然のように大雨にやられ、バイクで何事もなく到着してホッとしたのか、ぬかるんだ会場で足を取られて転倒し、右手首を痛めてしまっていた。左利きの由紀夫なので、支障はあるがどうにか仕事はできたがスピードは遅くなる。

そんな状況で「3日でできたら旅に出よう」と自分の中で決めた。

痛む右手をテーピングでぐるぐるにしてどうにか縫い続けていると、旧知の仲であるハーレー雑誌の編集長が訪ねてくる。

「由紀夫さん。ここ最近由紀夫さんまわり取材させてもらってるじゃないですか」

編集長は挨拶もそこそこに切り出す。

「最近って君ね、もう数年前からだろ」

「まあそうなんですけどね」

「新門君なんて何年前の話だよ。ヨーロッパに行ったばかりだろ。もう彼はヨーロッパでトップクラスになってるんだぞ」

「すごいですよね。あんな一流ミュージシャンになるなんて思わなかったですよね」

「おいおい、ヨーロッパに呼ばれた時点でもう一流だったんだよ。今は超一流だよ」

「そうですよね」

「超一流の人間を取材しといて、それを結果として誌面に反映させてないってどういうことなの」

由紀夫は手を休めずに作業を続ける。

「それがですね。先日の編集会議でそろそろ特集としてやろうかという話にもなったんです……」

言葉を濁す。

「なったんなら早く誌面に出しなさいよ」

「いや、それが『もう何人か取材しましょう』という編集部の意見が多数ありまして、取材はまだまだ続くことになりました」

「続くことになりましたってね、何人やれば気が済むの、イタタタ」

革を縫う作業は相当の力がいる。右手に力を入れると痛みが走る。

「手首大丈夫ですか。聞きましたよ、思いっきり転んだって」

「大丈夫ではないけど、それで休めるほど楽な商売じゃないんだよ。で、何人取材すれば気が済むの」

そんなやり取りが数日前にあった。

午前2時。山手通りを走るクルマの数も少ない時間帯。由紀夫は旅の荷物をチェックしながら詰め込む。できれば1週間ほど西に向かっていく。決めたのはそれだけだ。

「いやあ。由紀夫さんと出会う人ってみんなおもしろいんですよ。誰もが絵になるというか、誌面映えするというか。だからもう少しそういう人を当たりたいんですよ」

編集長は勝手な意見を喋り続け、

「それにほら。こんな特集一度やったら、由紀夫さんと偶然出会う人が構えちゃうでしょ『あっ、この前出てた由紀夫さんだ』って。そうしたら自然のつき合いにならないじゃないかなって思いまして」

それがどんな誌面になるのかはわからないし、それならそれで別に構いませんよ。今さら誌面にこの年寄りの姿をさらしても仕方ないから。由紀夫はそう考えて、「好きにしなさい」と、ひとまわり以上年下の編集長にすべてを任せた。

今回はどっちで行こうか。ハーレーが2台あっても迷うことはない。旅に出ようよ。どこに行こうかと決めた時点で、どちらで行くかも決まっている。選ぶ基準があるわけではない。なんとなく自然に決まる。

今回はより古いサイドバルブに荷物を積み込む。

商品の発送手続きを近所のコンビニで済ませ、荷物の最終チェックをする。忘れもののひとつや2つは必ずあるが、それも旅の醍醐味だ。準備をすべて済ませると午前4時になっていた。テレビで天気予報を見ると、「関東から東海地方にかけては午前中は雨」アナウンサーが当然だと言わんばかりにそう告げている。

雨具を荷物にせずに着込む。今のところ雨は降っていないが空は一面雲で覆われている。夏の終わりだ、それでもまだ夜明けは早い。普段なら東の空が鮮やかな紫色に輝き出すのだが、雲のせいでぼんやりと明るくなるだけ。

由紀夫はハーレーのエンジンをかけると、いつ降り出しても大丈夫だという装備で、東名高速の乗り場に向かう。

早朝だからいいものの、陽が昇れば雨具では暑くなる。だが雨でずぶ濡れになるよりも暑さを我慢した方がよいことは長年の経験で知っている。

交通量の少ない高速を気持ちよく走る。

昼過ぎには名古屋を越えるから、午後からは雨は避けられるだろう。今日は大阪近辺まで走り、フェリーに乗って九州に渡るか、それともキャンプ場を探して自走するか。その時の気分で決めよう。旅はいつもそんな気楽さで進めていく。

御殿場あたりで太陽が昇るが厚い雲で覆われて朝陽の爽快感などは何もない。気温はじりじりと上がるが雨はまだ降り出さない。由紀夫は雨具の下のシャツが汗で濡れていくのを感じるが、脱いだら雨でずぶ濡れになることをやはり長い経験で知っている。

新東名静岡のサービスエリアで朝飯と給油をした時には、シャツを着替えなければならないほどの大汗で、一度荷物を解いて着替えを取り出した。十分に休息を取り、またもや暑い雨具で走り出す。いよいよ雲が黒くなり稲光も見えている。こりゃあ盛大に来るぞ。あまりにも激しそうならパーキングに逃げ込もうと、次のパーキングがどこかを思い出す。東京から延びる高速ならどこでもたいがいのパーキングは頭に入っている。

だが雨は一向に降らず、気がつけば岡崎を抜けて伊勢湾岸道に入り、それでも雨具を脱がずに走ると、新名神を抜け大阪にかなり近付いた草津サービスエリアまで来た。曇り空だが新東名の厚い真っ黒な雲とは違う。もういいだろうと雨具を脱いで荷物の中に仕舞い込み、またシャツを着替える。

こりゃあ明日にでもコインランドリーを探すようだな。旅の時には途中での洗濯が必須だ。風呂のないテント生活が数日続くこともあるので、せめて衣服からの異臭は避けたい。

それでもうまい具合に雨を避けてきたのだろう。やはり早い時間に出たのが正解だな。由紀夫はそう考え、この先は雨の心配もないだろうからフェリーではなく自走しようと決めた。姫路あたりでキャンプをしよう。西日本の地図を眺めて今日の目的地を定める。草津サービスエリアを出る時に空を見上げると、雲の隙間に日差しも見えていた。「よし、いいぞ」由紀夫は右手の痛みも忘れて走り出す。

名神から中国道に入った時だ。「バケツをひっくり返したような」とはまさしくこのことを言うのだろうというような雨が降り出し、雨具を脱いだばかりの由紀夫は瞬時に全身がずぶ濡れになる。服なら着替えればいいが、履き替えがないブーツの中までじゃぶじゃぶになる。それは今回の旅の前半がいくら天気に恵まれていようと、ずっと足がジメジメとしていることが決定した瞬間でもある。

すかさず西宮名塩のサービスエリアに入り、バイク用駐輪場の屋根の下にバイクを停めると、ハーレーが1台とそれを運転していた若者が唖然として空を見上げていた。どうやらその若者はここにいて雨にはやられていないようだ。

ずぶ濡れの由紀夫を見た若者は、気の毒そうに声をかけた。

「すごい雨ですね。災難でしたね」

「いやあ、まあこんなもんだよ。長年の経験から言えばさ」

由紀夫の答えに戸惑いながら、若者はこんな古いバイクで旅している人がいるんだと驚いて、年配のバイカーを興味津々に見つめていた。

短編 8月、9月の物語

「あるバイカーの憂鬱《ゆううつ》」

信号待ちでショベルのアイドリングを高くした。どうにも不安定で、アクセルを煽っていないと止まってしまいそうだから仕方なく高くした。

小田原駅に近い国道1号線。小田原厚木道路を使わずに、下道を走ってきたことを少し後悔するが、その道を走らなければという呪縛のような何かに従うように、調子の悪いエンジンに怯えながら信号待ちを繰り返す。

お盆を過ぎたとはいえまだまだ真夏。道は箱根に近付き標高が高くなりつつあるとはいっても暑さは容赦がなく、道路の照り返しを考えれば空冷エンジンの走っていないショベルにはそれだけでも過酷なのに、そのうえアイドリングを高くしてしまえば確実にオーバーヒートしてしまうだろう。エンジンが止まってしまい、滝のような汗を流しながらいつかかるともしれないキックを続けるよりも、オーバーヒートの危険を冒しても止まらないようにした方が良い。

徐々に調子が悪くなり、数ヶ月前から白煙を吐き始め、おそらくはバルブからのオイル下がりだろうとは考えていたが、エンジンのかかりも悪くなり、いよいよ駄目かと思い、今日の往復150キロだけの短いツーリングを終わらせたらバイクショップに持ち込んでオーバーホールをしなければならない。おそらく完成するまでに数ヶ月はかかる。修理に出すのが寒い冬ならばまだしも、最も走りたい季節に出さなければならないのだから、無理をしてでも走り納めをしたい気持ちはバイク乗りならわかってもらえるだろう。

ともかく自分の意思で遠くに行くことに想いを募らせていた。想いを募らせるなんて大袈裟に聞こえるかもしれないが、当時の僕は異性に募らせる想いよりも、ともかく自分の意思でどこにでも行ける手段が欲しくてたまらなかった。

だから16歳で原付免許を取得し、先輩からスズキの「マメタン」と呼ばれた原付を確か1万円ほどで手に入れ、一番最初に走りに向かったのが箱根だった。

なぜ箱根だったのか。バイク雑誌の中に出てくる「椿」だとか「乙女」だとか「七曲」なんていう峠の名前に憧れ、そこを実際に走ってみたかったのと、箱根という遠くにまで行ければ自分はもうどこにでも行けると思い込むことができるという、どこかまだ見ぬ遠くに行くための下準備的な意味合いもあったのだろう。

そして何よりも、やっと歩けるくらいの赤ん坊の頃の僕が両親と写る、一葉《いちよう》だけ手元にあった写真。

「箱根に旅行した時に撮った」

いつのことだったか、父からそう聞いた記憶があったからだ。

僕と両親の3人は温泉旅館の生垣のようなところをバックに、父は少しブカブカの麻の背広でパナマ帽をあみだにかぶり、ズボンのポケットに両手を入れて斜に構えている。母はノースリーブのワンピース姿で、日活映画のポスターのように気取りながら、子供の僕を支えるように座っていた。

温泉旅館の名前が書かれている看板があったり、芦ノ湖や富士山をバックに写っているのならまだしも、どこかもわからない生垣ではその場所を見つけることもできないし、そもそもあのいい加減な父の言葉が本当かどうかも怪しいが、僕に残されたその一葉の写真が僕の中で「箱根」という場所を特別視させていたのは確かだ。

川崎のアパートを朝早くに出発し、ともかく1号線を走れば箱根に行けるという情報だけを頼りに走り、平塚駅あたりでさんざん道に迷っていた。あの時は今のように暑かった夏だったようにも思うし、寒さの中震えながら走ったような記憶もあり、どちらだったかは曖昧だ。

それでもマメタンが走り、作り出してくれる景色は、僕の気持ちを開放してくれ、16歳の僕は気持ちの中であるスイッチを入れた。入れたという表現が正しいかどうかはわからないが、切ったというよりもスイッチをオンにしたという感覚の方がぴったりだった。

その時に何のスイッチを入れたのか。それは両親や親戚、肉親と呼べるすべての人と縁を切ってひとりで生きようというスイッチだった。

小学5年生の時に喉《のど》を包丁で突いてみた。もちろん死のうとしたのだが、子供の僕には「死ぬ」ということが本心でわかっていたとは思えない。「やっとこれで帰れる」そんな思いの方が強かった。

だが怖すぎて、数ミリ刺しただけで断念した。

両親が離婚したのは僕がまだ幼い頃だった。戦中に生まれた両親は、どちらの家も当時としてはたいした苦労もすることなく生活できるくらいの裕福さがあったようだ。そのためだろうか、多情な性格を抑えようとはせず、そのためなら子供を犠牲にしてもなんとも思わないようだった。自分の人生を充実させるためなら、子供が我慢しなければならないとでも思っていたのだろう。

母は父と別れるとすぐに再婚し、一時期は僕を引き取ったこともあったが、義父というべき男は僕を嫌い、受け入れなかった。すぐに父の元に返されたが、ヤクザな生活を続ける父に子供を養う器量などあるはずもなく、すぐに父方の祖父母の元に置かれた。

「あんな母親の元に戻った可愛くもない孫」

それが祖父母の僕に対する評価だったようで、僕が自分の意思で母親の元に行き、そこが駄目だったから戻ってきたということになっていた。もちろん幼い僕が母親を恋しがったことはあるが、どちらの親元に行くかなんていう選択肢を与えられた記憶はなく、家庭裁判所でつまらなそうな顔をした見知らぬ大人たちに勝手に決められたはずだ。

祖父母の家には父の兄弟が2人、一緒に暮らしていた。僕にとっての叔父さんたちは僕にはまったく興味を示すこともなく、その家での食事で僕はいつも冷たくて硬いご飯を食べさせられた。

「オマエは冷たいご飯が好きだね」

そのご飯を食べる僕を見て、祖母はぞっとするような顔で何度もそう言った。

そんな家が辛く、僕は祖父母の金を幾らかネコババして、母親の元に電車で向かった。

「これを食べたら帰りなさい」

玄関前にたたずむ僕を見た母親は台所に僕を入れると、そう言って作り置きのキンピラゴボウを皿に盛り、それに冷えたご飯を茶碗によそって僕に食べさせた。再婚相手の男が家に戻る前に僕を帰したかったのだろう。その時に母親の隙を見て、包丁で喉を突こうとしたのだ。

ちょっとした傷と少しの血を流しただけの僕の喉の傷は、母親にも、無理やり帰らされた祖父母の家でも誰にも気付かれることもなく、結局のところ僕の存在などに注意を払う大人はいないということをはっきりとさせた。死ぬという行為でどこかに帰れると思っていたのなら、帰る場所などないということがはっきりしたのか。あるいは命を絶たねばその場所は見えないのか。どちらにしろそれすらできない自分の弱さを思い知らされた。

だから自分が死ぬよりも、祖父母や両親や叔父たちの方が確実に早く死ぬのだからそれを待てばいい。そんな逃げ場を作る。

いつでも逃げ道だけを作り、頭からすっぽりと毛布をかぶり、部屋の隅でじっと息を殺している。暖かさに包まれ安心するが逃げていることに変わりはない。


マメタンで初めて箱根を目指す。家出同然で祖父母の家を出て、仕事を見つけ最低限の暮らしを得ていた僕にとって、バイクに乗りどこにでも行けるのは、見えぬしがらみに絡め取られていた自分がやっと解放されていくようだった。

仕事の休みは月に2日、隔週火曜日。休み前日の仕事が終わるとオールナイトの名画座に行き、終電を逃したサラリーマンたちが寝ている横で僕は3本立ての映画に夢中になっていた。それと古本屋で手に入れる小説だけが僕の楽しみだった。映画も小説も見知らぬ世界を僕に見せてくれる。その中に入り込んでいる時間だけは現実などどうでもよかった。

小田原の街に入ると、マメタンのエンジンが止まってしまった。もちろんバイクのメカに関する知識など何もなく、どうすることもできずに近所に偶然あったバイク屋に見てもらう。

「ああ、これは修理に3万はかかるな」

バイク屋のオヤジはマメタンに触ることもなくそう言った。その顔はどこか祖母に似ているように思え、こいつは信用できないと僕の中の危険信号が鳴る。

1万円ほどで買ったマメタンに3万円もの修理代をかける気もないし、そもそも3万円なんていう大金を持っているはずもないので、僕は店を出てマメタンを押しながら、どうするかを考えていた。その時に先輩が「プラグ交換」と言っていたのを思い出し、ガソリンスタンドでプラグ交換を頼んだ。プラグを交換したマメタンは何事もなかったかのようにエンジンがかかった。けれどもう箱根まで走る気持ちも萎えてしまい、僕の初めてのツーリングは箱根手前の小田原で終わった。

肉親だけではなく、見ず知らずのバイク屋のオヤジまで自分を騙そうとする。悪意だけが自分を取り巻いているように思える。だからやはり縁を切ってしまうのは正解だと思った。

その後何度もマメタンで箱根に行った。月曜日にオールナイトの映画を観て、それが終わるとマメタンで箱根に向かう。自分の仲間は道で隣に並ぶ見ず知らずのバイク乗りだけだと思っていた。もっとも中型バイクやナナハンに乗るバイク乗りたちは、マメタンに乗る僕など意識すらしていなかったであろうけれど。

信号待ちで並び、走り出した瞬間にパワーの差で置いていかれる僕は、2サイクルのエンジンを思いっきり吹かし、どうにかして追いつこうとする。当然追いつくはずもないバイクの背中に、僕は勝手に優しさを感じていた。

往復150キロの箱根通いで原付の力不足を思い知らされた僕は、もっと大きなバイクに乗ればもっと遠くに行けると思い、中型免許を取るために二俣川の試験場に通う。教習所などに行く金もなく、試験場で一発試験に合格する。それ以外に僕が免許を取る手段はなかった。

月に2回の休みは試験に行くために使われた。映画を観て少し仮眠して試験に行く。結局合格するまでに1年かかり、17歳の時に中型免許を手に入れた。

同年代のまわりを見渡せば、親に教習所の金を借りたり、僕の仕事よりもはるかに綺麗で楽なアルバイトで得た金で教習所に通い、みんな僕よりも早くに中型免許を持っていた。

まわりなんて関係ないと思っていた。何しろ肉親との縁を断ち切ったのだ。だとすれば友達なんて必要もない。そう言い聞かせようとしたが孤独には耐え切れず友達を求め、友に僕の信頼のすべてを預けてしまおうとした。すべてをさらけ出して友として信頼しようとする僕は、まわりのみんなから気持ち悪がられる。軽い気持ちで生きている思春期のまわりにそんなことをすれば気持ち悪がられて当然なのだが、当時の僕はそうするしかなかった。

孤独という絶望感から救われようと、慣れぬ人間関係を築こうとあがき、打ちのめされ疲弊する。結局孤独である方が楽なのではないだろうかと思い至ると、もっと強い絶望感に覆われた気分になる。砂場で小山を作ると、その大きさに納得できずますます砂を積み上げる。そんな風に心の中に澱のようなものが溜まり重さを増していく。その澱の計れぬ重量に押し潰されそうになりながら「いっそのこと……」と呟いてみるが、いっそのことどうすればいいのかがわからずに、喉元に突きつけた包丁を思い出す。自分の気持ちに矛盾を抱えながら、そんなことまでして友を欲しがる。どうにもならない気持ちと感情のアンバランスが僕の心を蝕《むしば》んでいたのだろう。

そんな時だった。僕が暮らす薄汚いアパートを叔父が訪ねてきた。

「汚いところに住んでいるな」

心配などこれっぽっちも見せずに叔父は、アパートの部屋に入ろうともせずに、1枚の書類を差し出した。

「爺さんが死んだんだよ。オマエには関係ないと思っていたら、遺産の相続でこれに判を押してもらわないと駄目らしい。ここに名前を書いて判を押せ」

その書類は「祖父の遺産のすべてを放棄する」というものだった。祖父の遺産など当てにしたこともないし、ましてや孫まで遺産がもらえるなんて知らなかったが、叔父の一言で事情がわかった。

「オマエの親父が今刑務所に入っているんだよ。まったく面倒臭いことだ。親父の代わりにオマエの判が必要なんだ」

その日の夜に買ってきたバイク雑誌の見開き写真に僕の心は奪われた。

「FLH1340」

1340ccもあるバイクなら日本中どこにだって行ける。憧れはとんでもない金額で、僕には一生そんなものに乗れる日は来ないだろうと諦めに近い感覚もあった。それでも憧れるものができるのはいいことだろう。

僕の左手は、どんなに湿度の多い日でもかさかさに乾ききるようになり、首から上は汗をかくのだが身体からは一切汗が出ないようになり、酒を飲むこともなかったのに指先が震えてくるようになった。いっそ眠ることもできず、見えざるものを見るようになり、気が狂ってしまえばいいと思ったが、そんな病気になれるほどに強くもなかった。死ぬことも気を狂わせることもできずに、自律神経だけを壊しながら生きていく。

生にしがみつこうとする時に、憧れは最後の砦となって僕を助けてくれていたのかもしれない。

中型はカワサキのLTDというバイクを手に入れた。中古ショップで8万円。映画と小説のどちらかを我慢して8万円を貯めようと思い、僕は映画を捨てた。孤独になんて負けるわけにはいかないと強がって、それでも誰かに愛されることを望み、愛されることを知らない人間が果たして愛することはできるのだろうかと悶々とする。そんな感情の捌《は》け口は映画よりも小説の方が合っていた。スピルバーグやキューブリックよりも、大藪春彦や太宰治の方が僕の気持ちを慰めてくれたのかもしれない。

　僕の求め憧れているものはハーレーと家族なんだと気がつくのは、ＬＴＤで走りまわるようになってからだった。

　箱根の山を１速と２速をせわしなく変えながら必死で上っていたマメタンに比べると、ＬＴＤの力強さは心強く、箱根の山々を越えて初めて伊豆にまで走ることもできた。

　そのうちに日帰りではどんなに大きなバイクに乗っても走れる距離に限界があると気がつく。テントと寝袋という道具の存在もその頃に知った。それさえあればどこでも眠ることができ、それを使えば何日でも走れ、どんな遠くにでも行ける。

　月に２日ある休日の１日を限定解除試験に行くのにあて、もう１日を相変わらず箱根を越えてどこかに行くのに使っていたが、それでは泊まりで走りにいくことはできない。

　高熱を出したことがあった。風邪なのかインフルエンザだったのかはわからないが、高熱にうなされ３日間起き上がることもできなかった。アパートに電話があるわけではないし、携帯などない時代だ。職場になんの連絡もしていないというのに２日間は誰も来なかった。死ぬ勇気はないけれど、病気でそのまま死んでしまうならそれもまたいいだろうと思っていたが、自分という存在をどこにも認めてもらえぬまま、ひっそりとこの世を去ることが怖かった。

ひとりで生きると決め、ひとりは孤独だと嘆き、死んでしまおうとしたけれど、死にたくないと泣く。人間として何も熟成していないのは年のせいと言ってもいいかもしれない。それくらいに若かった。けれど自分で決めたことくらいには責任を負うべきだ。それができない矛盾はどうにもならないままだ。

３日目に職場の人が「生きているか？」と尋ねてきた。僕は仕事場を変えることにした。連休が取れる職場に

小田原の街を抜け、川と山が迫る景色に変わる。箱根湯元の駅前を通り過ぎ、そのまま旧道を走る。大観山を目指しシフトを何度も操作しながらタイトな峠を走る。走っていれば煙を吐くものの、それほど不調感が表れることもない。

結局憧れのショベルに乗れるまで、自己の矛盾に苛《さいな》まれ続けたあの頃から10年以上かかったが、それでも１３４０ccのバイクに乗ることができた嬉しさは忘れられない。

同時に僕は家族も作った。けれどそれはすぐに破綻《はたん》した。人の愛し方がわからなかった。そのくせに最上級の愛を求めたのだから、相手にしてみればたまったものではないだろう。そして僕は結婚したというのに、少しでも愛を注いでくれそうな相手なら誰の元にでも走った。

箱根の峠道で中型バイクに抜かされる。一瞬、抜かした相手が若かった頃の自分に見えた。あの頃の自分に追い抜かれ、今の僕は置いていかれてしまうのだろうか。その時に追い抜いた背中は優しく見えるのだろうか。箱根の峠の上り下りは、まるで時の流れの中を進んでいるように思える。もっともその時の流れを上っているのか下っているのかはわからないが。結局年を重ねただけで、自己の矛盾の解決は何ひとつできていない僕に、昔の僕が優しさなど見せてくれるわけもないか。あの時の喉の傷痕は、よく見れば発見できるくらいの小ささだけどまだ見ることはできる。それが唯一の過去と今を結ぶ印のように。

何度箱根を走ろうと、結局あの温泉旅館の生垣を見つけることはできなかった。生垣のある旅館はいくつかあったけれど、どうにも雰囲気が一致しない。それでも生垣を見つけると瞬間心臓の鼓動が早くなる。やはりあの写真の場所を見つけ、親とのつながりを実感として持ちたかったのだろうか。それすらもわからない。今でも僕が消えたとしても、誰かがその存在を認めてくれるとも思えない。だから僕は「確かに存在しているんだ」と叫ぶ代わりに文字を書いて、バイクで走る。

父と母のそれぞれが死んだ時に、僕は葬儀に行くこともなく、でもそれなりに自分が決めた責任を全《まっと》うしたつもりだけれど、果たして葬儀の席に僕がいないと気付いた人がいるかどうかわからない。矛盾はそのままでも、いつの日かそれに慣れてしまったのかもしれない。僕の手の震えは止まらずに、死ぬ勇気も、狂う強さもないままにいる。


大観山から海沿いに出るのに椿を下る。エンジンブレーキを利かせながら惰性で下るショベルは、「ボッボッボッ」と小気味よい吹き返しを聞かせてくれるはずだが、さすがに煙を吐き出す今は吹き返しの音も歯切れが悪い。

海沿いの道に出て有料道路に。加速するとガシャガシャと異音も出始めた。家に着く頃には、誰がどう考えても走らせない方がいいというくらいにひどい状態になった。

ショベルは翌日、ショップに引き取られ修理に入った。ショップまで走ろうと思ったが、3時間格闘してもエンジンがかからなかった。

「腰上で済めば3ヶ月。腰下までなら半年は待ってもらいたいな」

ハイエースに積み込まれたショベルを見送る。バイクで走るための日と思えるような陽気で、バイク置き場に乱雑に置かれたパーツや工具を整理するくらいしかやることがなくなった。けれどショベルは長くとも半年すれば戻ってくる。そして小気味よい音で僕をどこにでも運んでくれる。

あの写真を捨ててしまおう。そう考える。物言わぬバイクの方が心通わすことができる。ショベルが戻る頃には寒くなっている。箱根の山道を上るのは危険な季節だろう。海沿いか、それとも東名を素直に南下する旅にでも出ようか。もう箱根に向かう必要もない。ありもしない呪縛にとらわれるのはもうやめよう。自分の行きたい場所に、好きな道で向かえばいい。いまだ生き方すらわからぬままの自分に、何も課す必要などないだろう。所詮、時の流れの中は、自分の意思で上ることも下ることもできず、ただ流されていくだけなら、せめて舵《かじ》くらいは取ってやろう。

短編 10月、11月の物語

「フルスイング」

砂煙を上げてＦＸＲがダートの山道を上ってくる。決して上手い運転ではないが、その走り方からは楽しそうで、喜びすら感じられる。ライディングしているのは「ＫＪ」と呼んでくれとみんなに言っているけれど、誰からもその名前では呼んでもらえずに「ケンタ」と本名で呼ばれてしまう、今年で35歳になるバイカーだ。

汚れたジーンズにエンジニアブーツ、ライダースの上にベスト。教科書に出てくるようなバイカースタイル。ベストの背中は3ピースカラーだが、真ん中のエンブレムがなく、ＭＣネームと街の名前だけ。つまりケンタはそのＭＣのプロスペクトだった。

だったというのは、今日のＭＣ定例会で「明日お前にパッチを渡す」とプレジデントが言ってくれたからだ。苦節８年。ついにメンバーになれる。今日がケンタにとってプロスペクト最後の日だ。

ＭＣ定例会の後に、クラブハウスでメンバー全員でビールを飲むのが慣わしだ。ビールを仕入れるのはプロスペクトの役目で、時には命懸けで仕入れなければならない。生ぬるいが5年ぶりのビールは最高にウマく、プロスペクトでは参加できないその「ビール会」に初参加できた嬉しさもケンタを有頂天にさせる。

クラブハウスから安アパートに帰ったケンタは、やめればいいのに〝Ｅ〟を1枚舌に載せた。久しぶりのアルコールと〝E〟でのトリップでケンタは気が大きくなり、FXRに跨るとどこかでナンパでもしようと走り出した。

10月だというのに気温が25度を下まわることがなくなった街は、ミニスカートとタンクトップの露出女が大勢いたが、いまだにガソリンで走るバイクなんかに乗っているバイカーを相手にしてくれるような女はいなかった。

あそこに行けばすぐにでもやらせてくれる女がいるかもしれない。いよいよ〝E〟でドンギマリになったケンタは山に向かいダートを走る。その山の頂上のバーに向かって。

カウンターの中でバーのマスターは英字新聞を虫眼鏡でじっくりと見ている。顔の半分がヒゲで覆われた姿は、一見すると年寄りのように見えるが、目のまわりに皺のないことや肌の張りに気付けば、新聞を見るのに虫眼鏡を使うような年齢ではないことがわかる。

ヒゲ面のマスターは新聞を読んでいるわけではない、そもそも英語なんてまったくわからないのだから英字新聞など読めるはずもない。

では何をしているのか。マスターは英字新聞から〝E〟の文字を見つけると、スポイトで水を滴らせしばらく待つ。すると文字が浮かび上がるので、それをピンセットで摘み取るという、地道な作業に没頭していた。

アルコールが禁止されたのが10年ほど前になる。景気の悪化、政治不信、外国人の大量入国。治安が悪くなる要因はいくらでもあったが、解決策として無能な政府はアルコールにかかる税率を大幅に上げ、缶ビールが1本5000円になった。酔った人間による暴力や殺人が治安の悪化だと、世間の目を自分たちの無能ぶりからそらせるために、そんな政策を打ち出したのだ。

結果は子供でも考えられる。密造のアルコールが出まわり、それがどんどん悪質になり、それを飲んで暴れだす奴が出て、ますます治安が悪くなる。そこで無能たちはアルコールを全面禁止にし、徹底的に取り締まった。

もちろん次に出てくるのはイリーガルなドラッグに決まっているのだが、これまた薬が切れた者の殺人や暴力が台頭し、徹底的に取り締まる。そんな時にアメリカで作られたのが「HOLY DRUNKARD」と名付けられたドラッグ、通称〝E〟。

アルコールとほぼ同じ高揚感を得ることができ、眠らないとか痛みを感じないなどの明らかに人間の感覚をおかしくするような成分は含まれず、安価でいいこと尽くめのような宣伝文句だった。何よりも小さな活字一文字分の中にその成分を収めてることができ、普通の新聞や雑誌の形で流通ができたのが大きかった。

開発者がなぜ「E」の文字を選んだかは諸説あるが、どんな内容の文章でも英語で書くと「E」が一番使われるらしいという話が最も世間を納得させたが、それも真実かどうかはわからない。日本人は「E気持ち」というイニシエの曲名を掘り返し、なんとなく取っつきやすさを覚えたらしい。

もちろんイリガールなものではあったが、なぜか日本政府はこのドラッグに関しては厳しく取り締まることもなかった。もっとも輸入品の梱包に使われているすべての新聞や雑誌を調べるわけにもいかなかったのだろうが。

いいこと尽くめのドラッグのようではあるが、依存度や中毒性は非常に高く、肝臓への負担もアルコールの数倍とも言われているが、そのことはみんな知らないふりをしていた。

アルコール販売ができなくなったバーは〝E〟が主要メニューになっていた。闇アルコールや本物の当時物アルコールも販売していたが、高価なのでめったに売れることはなかった。

変わり者のマスターは「辺鄙《へんぴ》」という言葉に失礼になるくらいに何もない山の上に店を出した。クルマで上るにはかなり勇気がいるようなダートを30分も走らなければたどり着けず、だからといって景色がいいということもない。何かの開発途中で放り出されたような、木々が削り取られ土ばかりの荒涼とした山の中腹。店の裏は切り立った崖になっている。地元のアウトローバイカーがまわりを気にせずに騒げると毎日のように入り浸るものだから、ますます一般の客など来るはずもない。もっとも、性格がだらしなく隙あらば金を払おうとしないバイカー相手に舐《な》められることなく商売を続けているのだから、マスターもかなりしたたかな男だ。

今日の昼間は古くからアウトローとして名を売っていたMCが店の外でバーベキューをやっていたので賑やかだったが、肉と〝E〟で満足した連中は自慢のハーレーで街に下りていってしまい、今はカウンター客がひとりだけ。でかいマグカップの上に頬を載せてでかいいびきをかいている。

「おい、いい加減に次の注文をするか帰るかのどちらかにしろ」

英字新聞からEを取り出す作業を中断したマスターが、眠りこける男の頭をぱしぱしと叩いた。

カウンターで1リットルは入りそうな大きなマグカップに頬を載せて眠っていた男は、

マスターに叩かれるとむくりと顔を上げる。その頬には大きな丸い痕がくっきりと残っている。身長が190センチ、体重は130キロほどあり、いまだに続いている大相撲という古典芝居の力士よりもでかい男の名前は「メガG」という。本名は佐藤義男とかいうのだが、バイカーの間ではメガGでとおっている。メガがでかさを言っているのはもちろんだが、Gが何なのかはあまり知られていない。ともかくバイカーの間では自分の名前にアルファベットを入れることが流行っていた。

この日のメガGは機嫌が最悪だった。BBQに向かうために愛車のFXRのエンジンをかけようとしたが、いくらセルをまわしてもかからない。走行距離が15万キロを超え、ここ1年は最悪に調子が悪かった。バイク屋は「オーバーホール」だと言うが、ろくに仕事もしていないメガGにそんな金はない。だからどうにか走るようにバルブだけ換えてみたり、電気系をよりロスの少ないものに換えたりして誤魔化してきた。しかもそれらの工賃もバイク屋にはツケにしてもらっていて、それを清算しないことには次の作業は頼みづらかった。

クルマからバッテリーをジャンプさせ15分ほどするとFXRのエンジンは目覚めたが、白煙をモクモクと吐き出している。しかし一度エンジンを止めるとまたかけるのに苦労するかもしれないから、その白煙のままメガGはバイク屋に向かった。

「見てくれよ、このざまだ」

メガGは情けない顔を作り、バイク屋の同情を買おうとした。

「そりゃあそうなるさ。早いとこエンジン止めた方がいいぞ。今なら腰上で済むかもしれないけど、このままだとクランクも割るようになる。そうすれば100万はかかるぞ」

メガGはMCのプロスペクトをパシリに使い、〝E〟の運び屋やカツアゲまがいもする実にせせこましい小銭稼ぎが収入源だった。プロスペクトの連中もそんなメガGには最近では近寄らず、稼ぎもめっきり少ない。100万なんて金はどうすることもできない。

「どうにかエンジン直してくれないか。少しずつでも絶対に払うからよ。頼む」

でかい図体のメガGが小さくなってバイク屋に頼み込む。

「お前はいつでも少しずつ払うって言うが、ここ最近その少しも払ってないだろう。そんな奴のバイクをなぜ直さなければならない。半年以内に溜まっているツケ30万を払え。半年だけ待ってやる。それが過ぎたらお前んとこのボスに報告するからな」

バックミラーには白煙しか映らないFXRで家に戻ったメガGは、死ぬほど後悔していた。バイク屋なんかに行くんじゃなかった。行かなければ半年以内なんていう条件提示をされずに済んだのに。

バイクはもう動かせない。それもまずかった。MCの集まりにバイクで行かなければボスに怒られる。しかし数時間後に始まるBBQにはどう考えてもバイクでは行けない。FXRで山道を上ったら確実に途中でくたばる。メンバーに電話をしまくり、余っているバイクがないかを聞いたが、誰にもそんな余裕があるはずもない。

BBQを欠席するという手もあるが、今日は女のゲストが何人かやって来る。うまくいけば久しぶりにSEXにありつけるかもしれない。ボスの説教と女の柔肌を想像し、柔肌が勝ったメガGは、やはりボロボロのピックアップでバーに向かったのだ。

案の定ボスからは大目玉を食らった。

「最近のオマエのバイクはなんだ。しょっちゅう止まるし煙は吐くし。しかも今日はクルマだと」

スキンヘッドに青筋を立てて怒るボスに、

「今日はあれですよ。誰かのバイクがトラブった時用にピックアップで来たんですよ」

メガGの見え見えの嘘に、ボスの顔色が変わった。

「ほう、メガG。いい心構えだ。オマエみたいな幹部クラスがそんな仕事を率先してやってくれるのか。それはプロスペクトにもなれない連中の仕事じゃなかったか。お前も看板外してその仕事に打ち込むか」

メガGは嘘をついたことを死ぬほど後悔した。土下座せんばかりに謝りまくり、どうにかボスの怒りを静めたが、

「いいか、メガG。次の集まりには誰にも迷惑をかけない調子のいいハーレーで参加しろ。それもメンバーからの借り物じゃなく、自分のバイクでだ」

そう釘を刺され、さもないとパッチを外させるとダメ押しまでもらった。BBQの1ヶ月後に定例のランもある。メガGはやはりBBQを欠席するべきだったと今日3回目の後悔をする。バイク屋からボスにチクられるのが半年後だったが、来月までにバイクをどうにかしなければどのみちパッチを奪われる。メガGのように下の連中に厳しく当たっていたメンバーがパッチを外されたらどうなるか。それは想像することも嫌になるような末路に決まっていた。

それでも立て続けに3文字の〝E〟を食らって、自慢の刃渡り40センチのサバイバルナイフで肉を切り分けてはたらふく食い、露出度の高い女に声をかけ、どうにか久しぶりのSEXにありつこうと嫌なことは忘れて明るく女に近付いた。そしてそのすべてに冷たく

あしらわれてしまい、みんなが帰った後にもバーに残り〝E〟をまたキメて、1杯300円のコーヒーで数時間カウンターに居続けた。何ひとつ解決できそうもない問題を抱え、今の気分のまま街に下りれば数人は殺してしまいそうだし、家に帰ればむしゃくしゃして壁を穴だらけにしてしまいそうだ。だからバーのカウンターで〝E〟の酔いに任せて眠っていたのだ。

「300円以外の金の持ち合わせがないならいい加減に帰れ」

マスターに言われ、

「〝E〟を1枚くれないか。ツケで」

メガGは覚めかけた酔いを取り戻して、家に帰り眠ってしまおうと思っていた。何しろ素面だとクソったれな悩み事ばかりを考えてしまう。〝E〟がキマッていればそれも忘れられる。メガGは自分の過去を振り返れば、それがほとんどすべての失敗につながっている原因を反省するどころか、また繰り返そうとしていた。

「うちでツケができる奴がいると思うか」

マスターはまた英字新聞に目を戻し、静かにそう言ってもうすぐ国宝に指定されそうなウインチェスターを手に取る。

「冗談だよ」

メガGは愛想笑いで誤魔化しながら、今日はこの世の中のすべてが俺に敵対しているのだろうと、深いため息を心の中でもらしていた。

その時にバーの重い扉が開いて入ってきたのがケンタだった。カウンターに座ると「いらっしゃい」の一言も言わないマスターに、

「本物のビールを1本と〝E〟を1文字」

と渋く注文すると、カウンターの上に1万円札を載せた。

「随分と豪勢だな」

久しぶりの上客に、途端にマスターは愛想を良くして、1万円札が本物かどうかを確かめ、つり銭とビールと〝E〟を出した。

「よっ」

ビールを乾杯のしぐさでメガGに向けて軽く持ち上げ、ケンタは喉を鳴らした。

「ずいぶんと景気がいいんだな」

メガGが話しかけてきた。

「ああ、今日は最高の気分だ。あんたにもこれから覚えてもらわないといけないから言っておくけど、俺は『KJ』。明日から『L・L』のメンバーになる。覚えておいてくれ」

ケンタたちのMC「L・L」は街の中で二番目に古いチームで、名前は飲んだくれが景気よく鞭《むち》を振るうというような意味だったり、器の大きさを表しているとも言われている。一番古いのはメガGたちのMC「N・E」だ。意味はノットエンターで出口がないとかノーエラーで、自分たちの前でやりそこなった奴は許さないなど、いくつかの恐ろしい解釈がされている。そう、MCもアルファベットを並べるのがカッコいいとされていた。どちらのMCもアウトローチームで、何度かの抗争が勃発したが今は沈静化していて、お互い刺激しあうのを止めようとトップ同士で話もついているらしい。山の上のバーはどちらの縄張りでもないが、どちらかが使っている時はもう片方は近付かないという暗黙のルールはあった。今日の昼には「N・E」のBBQがあるから近付くなという通達はケンタたちにもまわっていたが、もう夕方というよりも夜に近い時間だし、〝E〟の力も手伝ってケンタはやって来てしまったのだ。

「そうかい。そりゃあ良かったな」

メガGは愛想悪くそれだけ言うと店を出て帰ろうとした。そこにケンタが、

「そんなに急ぐなよ。よかったら一緒に飲もう……」

そこまで言うと、タメ口をきかれイライラの絶頂に達したメガGは、腰から自慢のサバイバルナイフを抜き出した。

それを見たケンタは正直ビビッたが、「L・L」のメンバーとして舐められてはいけないと、自分を奮い立たせるように軽い口調で、

「まあ座れよ」

隣のスツールを指差した。

「シュッ」と風を切る音がしてメガGのナイフが空気を切り裂くと、スツールを指差していたケンタの左手人差し指が手から切り離され、床に落ちる。

「なっ」

驚いているケンタの顔面に向かい、メガGのナイフが横に払うように動いた。思わず顔をかばおうとしたケンタの右手が、今度は指の付け根よりも1センチ下あたりの手の甲ごと綺麗に切り取られ、ボトリと4本の指が手の甲の一部と共に音を立てて床に落ちる。まるで足の短いイカのゲソのようなケンタの手は真っ白で、何かのアート作品のようでもあった。指が床に落ちるよりも少し早く、ケンタの指を切り落としてそのまま走るナイフは

「ガツッ」という非常に嫌な音を立ててケンタの耳をちょうど横半分に割り、そのまま目の下を横移動し、頬骨に邪魔され鼻の手前で止まった。

顔の半分にナイフが刺さったままのケンタは、何が起こったのか理解できずに、それでも眼下に大きなサバイバルナイフの柄を握るメガGのごつい手を見て、少し遅れて全身に鳥肌が立つ。

普通なら人間の頭などスッパリと半分にして見せるのに、昼間にBBQの肉を切った後、しっかりと脂を落とさなかったのが良くなかったのだろう。メガGはそう考えると、思いっきりケンタの額を殴りつけ後ろに反らせ、ナイフを顔から引き抜く。血を撒き散らしながら暴れる前に抜いたナイフをケンタの喉に叩きつけるように刺し、えぐる。それで生命体はあっけなく命のスイッチを切る。

ケンタは痛みを感じる前に死ねたことだけがラッキーだった。

マスターは顔色を変えることなく、掃除用具をメガGに渡す。血を綺麗に拭き取り、死体を早いところ運び出せということだ。メガGはともかくケンタの死体を抱え上げ、暗くなった外に運び出す。

「またやっちまった」

これでしばらくは派手なことはできなくなる。今日何度目かの後悔をしながら、ケンタの死体を崖から捨てようとした。しかし表に出るとケンタのＦＸＲが目に留まる。厳重にロックされた車体はメガＧと同じ年式だが、ケンタのバイクは驚くほど綺麗だ。ケンタの死体からベルトを抜くと、ジャラジャラと鍵束が落ちる。腰まわりのものをすべて確認しポケットを探るが何も入っていないので、今度こそケンタを崖下に放り投げた。１週間ほどで野生動物が綺麗に白骨にしてくれる。

メガＧは鍵束の中から目当ての鍵を探しだしロック外すと、ＦＸＲのエンジンをかけてみる。すこぶる調子のいいハーレーの音がした。

「やっぱり殺しちまって良かったぜ」

メガＧは今日初めて自分の行動を称えた。ケンタのウォレットにはまだ1万円札が2枚も入っていた。これでしばらく遊べるなと思ったが、財布の中身はマスターに巻き上げられた。それでもＦＸＲが手に入ったのだ。メガＧは丁寧にモップがけをして、店内の血を拭き取ると、臭い消しのスプレーをして、ピックアップにＦＸＲを積んで意気揚々と帰っていった。

というのが話の始まりだった。

当然「Ｌ・Ｌ」のメンバーはケンタのわからなくなった行方を捜査する。まさかメンバーになれる日にクラブハウスにも来ないでどこかに旅立つことなど考えられない。事故にでもあったのならまだしも、つまらない事件にでも巻き込まれていたのなら、「Ｌ・Ｌ」の名前が舐められない程度のことはしておかなくてはならない。

近隣で事故が起こってはいなかった。ケンタがどこかに旅立たなければならない事情もない。もしかしたら何かに巻き込まれたか。

「Ｌ・Ｌ」のメンバーの捜索が始まり、あっけなく手がかりが発見された。それはＦＸＲのフレームだった。

メガＧはケンタのＦＸＲにそのまま乗ろうかと思っていたが、事情を知ったメンバーが「面倒はごめんだぞ」と言うので、面倒だがエンジンを積み換えた。今後のために予備にしようといろいろと外していくと、まあなくてもいいかと思えるものはフレームだけだった。それをバイク屋に持っていき、ツケの一部にしてくれと置いてきたのだ。

「Ｌ・Ｌ」メンバーのひとりがバイク屋に行くと、そこにＦＸＲのフレームがあった。

「どうしたんだ？　このフレーム」

「ああ、ツケの肩代わりに持ってきたんだよ」

「誰が？」

「メガG」

それだけで十分だった。フレームがケンタのものかどうかは確信は持てないが、口を割らせればすぐにわかる。その日の夕方に、でかすぎるメガGを拉致するのは大変だと、動物用の麻酔薬を銃で打ち込んで8人がかりでクラブハウスに運び込んだ。ソファにダイダウンとロープ、それにタイラップを駆使してメガGをくくりつけると、目を覚ますのを待った。

「なんだこりゃあ」

目を覚ますと自分の状況を見たメガGが叫ぶ。

「オマエらか」

まわりにいた「L・L」のメンバーを見まわす。

「どうするつもりだ」

しばらく黙り込む「L・L」のメンバー。不気味さの演出のつもりだったがメガGには通用しないようなので、

「あのＦＸＲのフレームはどうした？」

「Ｌ・Ｌ」のプレジデントが聞いた。

「出たな大統領」

メガＧたちは「Ｌ・Ｌ」のメンバーがボスのことを「プレジデント」と呼ぶことを前々から馬鹿にしていた。

「それで大統領、フレームがどうしたって？」

言い終わると同時に腰を利かせた右フックが、見事にメガＧに決まる。

「舐めるなよ」

「おいおい、さすが大統領は懐かしい言葉を使うな」

「そうか、答えたくないなら答えるな」

そこからたっぷり20分。メンバーがかわるがわる徹底的にメガＧの顔を殴りつける。瞬く間に赤くはれ上がり、まぶたで目が塞がれ、唇や鼻から血が流れる。殴り終えるとその腫れ上がった顔に酢をかける。酢がかかった瞬間メガＧはソファをくりつけたまま飛び上がった。

「どうだ。しゃべる気がないならまだ黙っていてもいいぞ」

「拾ったんだよ。フレームが落ちていたのを拾ったんだ」

「どこに落ちていたんだ」

「そこらにだよ」

もう一度殴り始める。

「わかった……、言うよ……」

メガGがそう言っても殴るのは止まらない。唇の端が切れて垂れ下がるまで殴られる。

「何を言うんだ？」

メガGは殴られ続け痛みに悲鳴を上げそうなのを必死でこらえ、考えてみた。逆の立場だったらどうするか。確固たる証拠もないのに拉致して拷問。これはもう真犯人なんてのが別にいたら大問題だ。ここまですればMC間の対立は間違いなく起こる。だとしたら証拠もなく拉致した俺を意地でも犯人に仕立て上げなければ、これからの対立で不利になる。

「先に手を出したのはオマエらだろう」

そういう状況にならないとまずい。だから「俺がやった」と言うまで続くだろう。

「どうした。まだ言う気にならないか」

「L・L」のプレジデントが不適に笑うと、切れた唇に酢をかける。メガGは飛び上がっ

て短い悲鳴を上げ、

「ああ、俺だよ。あんたたちの若いのを殺ってバイクをもらった」

と本当のことを言った。

「さあ、殺せ」

そういえば昔のアメリカのアウトローMCのメンバーが敵対するチームに捕まり銃を突きつけられながらも、「自分の仕事をとっととやれ」と最後までツッパリ死んでいき、その後にその勇気が称えられ伝説化した話を聞いたことがあった。そうなれたらいいな。メガGはそんなことを考えていた。

「心配するな、殺しはしない」

「L・L」のプレジデントは唇を歪《ゆが》めるように笑う。その目には爛々《らんらん》とした輝きが隠れていた。

メガGは殺されないと知ると、途端に殴られた痛みも忘れて、帰ったらどうするかを考えていた。ともかく痛み止めと〝E〟を2文字分飲んでゆっくりと寝よう。起きたらバイクに乗って女でも引っかけに、と考えたところで、とんでもない痛みに襲われ、「ウォー」と叫び声を上げた。

プレジデントがメガGのサバイバルナイフで、殴られて裂傷している唇の肉を3センチほど削ぎ切った。何らかの継ぎ足しをしなければ、メガGは口を閉じても歯の一部が見えている人生になる。

「殺しはしないが、うちの若いのがオマエに殺されているんだ。少しは痛みを与えないと舐められるだろ。わかるか」

メガGは自分の唇の一部がなくなったことに大きな痛みと不安を抱え、どんな顔になってしまうんだと恐れおののきながらも、プレジデントには「わかる」という意思表示のためにうなずいてみせる。うなずくと血が飛び散る。

「わかってくれるか。じゃあもう少し我慢してくれ」

プレジデントの目は異様な輝きになり、取り囲む「L・L」のメンバーは顔を背ける者もあるくらいに壮絶な現状になっている。それでもプレジデントは続ける。

「昔の映画で観たんだが、確か娘を救おうとする男の話だった。その中でこんなシーンがあったんだよ」

プレジデントの両手が振り下ろされ、メガGはついに絶叫する。その叫び声にプレジデントの顔は弛緩《しかん》するようなだらしない顔になる。それが笑顔だとわかった「L・L」のメンバー数人がその場で吐いた。メガGの両足、膝の上に五寸釘が深々と刺さっていた。そこに赤と黒のブースターケーブルをつける。何をするのかその場にいた全員が理解し、それと同時によだれを垂らさんばかりに興奮しているプレジデントがどうしようもない変態野郎だということも理解できた。

「もう止めてくれ」

涙とよだれと血でどろどろになったメガGが懇願する。

「痛いのか？　もう少しの辛抱だ」

プレジデントの気持ち悪い猫なで声。

「うちの若いのをどうしたんだ？」

「そのナイフで殺した」

五寸釘につながった黒いケーブルをバッテリーのマイナスにつなぐ。

「死体はどうした？」

「バーの裏から崖の下に捨てた」

赤をプラスにつなぐとメガGの体が操り人形になったかのようにめちゃくちゃに動き出し、とても人間の声とは思えない音が血まみれの口から絞り出される。５秒ほどでバッテ

リーを外すと、

「オマエのボスに電話しろ」

携帯を耳元に持っていく。

「『L・L』のメンバーを殺してしまったから、わびを入れてくれと言え」

電話に呼び出し音が響き、「N・E」のボスが出るが無言。

「ボス、俺だ。メガGだ」

「派手にやられてるのか」

気配を感じたのか、ボスは用件を聞く前に言った。プレジデントが首をひねり、打ち合わせどおりに喋るように促す。

「ボス、『L・L』の大統領様はとんだ変態野郎だ。殺しちまってくれ」

「よく頑張ったな。後は任せておけ」

「L・L」のプレジデントはしばらく会話させてから電話を取り上げ、

「すこし平和が長く続きすぎたな。明日の昼にバーの前でどうだ?」

「うちの幹部をやった代償はでかくつくぞ」

「先に手を出したのはこのデブだ」

「明日きっちり片をつけよう」

ボス同士の会話はあっさりと終わった。

「さあ殺せ。このホモ共が」

メガGは最後の虚勢を張った。ブースターケーブルをまたバッテリーにつなぎ、メガGの叫び声を聞く。それを何度か繰り返したところで「L・L」のメンバーのひとりが気付いた。プレジデントの股間が膨張していることを。

何度目かのバッテリー拷問で、ついにメガGは頭をがっくりと垂れて気を失った。

「よし。オマエは帰って明日の用意をしておけ。あいつらを今度こそ叩き潰す」

クラブハウスからメンバーが出ようとすると、プレジデントは見たこともない道具をいろいろと取り出している。見たこともないがすべてが拷問の道具であることは間違いない。

その晩はクラブハウスからメガGの悲鳴が漏れ続け、朝方になりやっと静かになった。

随分とすっきりした顔のプレジデントがメンバーを従えてバーの前で待ち構えていると、「N・E」の連中が爆音を立ててやって来た。

鈍色《にび》の空に土煙が似合う。バーのマスターは店の前に椅子を出して、おもしろくもおかしくもないというような顔で、ウインチェスターにあごを載せて見物を決め込んでいる。

一体このバーの裏から何人の遺体が投げ込まれたのか。治安が悪く「死」が珍しくはない世の中だが、さすがにケンタの死とメガGの拷問による死の連鎖により、それなりに気持ちの悪さをほとんどのメンバーが抱えていた。

「オマエらこれ持って突っ込んでこい」

渡されたナイフは刃渡りが10センチほどの小さなものだ。それで人間を倒せるのかは大いなる疑問だ。渡されたプロスペクトの連中は戸惑うばかりだ。

「大丈夫だ。それで突っ込んで根性見せたら正式なメンバーにしてやるから」

どれほど時間がたとうと、ガソリンがなくなりかけクルマのほとんどが電気で走る時代になっても、日本のMCが何十年か前のアメリカのアウトローバイカーにやっと近付いても、日本人のやり方は大昔のヤクザ映画の中と何も変わっていなかった。大昔ならばボスの命令に従い、全員で敵に殴り込んだかもしれないが、今の若者の大半は「これじゃ無理ですよ」と突っ込むこともしない。

それでも突っ込んだ数人から乱闘が始まる。どれほど治安が悪くなろうと、銃の輸入は水際で徹底的に防いだからだろう、残念ながらアウトローバイカーにまでまわる銃はなかった。あったとしてもアジアの怪しい国が怪しいパーツで作り上げたもので、相手を倒す前に暴発して自分の腕が吹き飛ぶ確率の方が高いシロモノしかない。だからウインチェスターを持つマスターの力は絶大だった。

ＭＣ同士の乱闘は鉄パイプでの殴り合いかナイフが相場だ。銃があればすんなりと片もつくのだろうが、ナイフでの戦いは惨劇でしかない。しかしその惨劇の中で嬉しそうにしている男がひとり。「Ｌ・Ｌ」のプレジデントだ。両手に鉤《かぎ》状になった３本の金属の爪みたいなものを持ち、それを振りまわす。爪の先端は鋭利で少しでも触れるとザクッと肌を裂いて肉を切る。中世ヨーロッパの拷問道具をアレンジしたらしい。切り裂かれた相手は血を噴出して悶絶する。そのたびにプレジデントは恍惚《こうこつ》とした表情を浮かべる。

鉄パイプとナイフの戦いなんていう時代錯誤もはなはだしい戦闘は、緻密な作戦でもない限りどう戦おうと互角にしかならない。その中でプレジデントだけは自分の興奮を得るために、目を見張るような大活躍を続ける。振り下ろされた鉄パイプを巧みに避け、鉤爪を相手の顔面に食らわせる。避けきれないナイフの攻撃を腕や脚に受け、自分も血まみれになるがそれがどうした。自分と相手の血の量が増えるほどに興奮を増していくようだ。

「やってらんねえな」

そんな状況を見てそうつぶやきベストを脱ぎ捨て走り去る若者が2人。そんな抜け方をすれば面倒なことになりそうだが、そのまま家に帰って荷物を積み込んで、この街を出てしまえば追われることもないだろうと考えて。そもそも自由なバイクに乗っているだけでこんな不自由に巻き込まれるのはごめんだった。走っていれば楽しい、それはどんなベストを着ていようと変わらない。若者2人はそんなことに気がついた。

相変わらず変態が大暴れする中で、一発の銃声が響く。ウインチェスターが空に向けられて撃たれたのだ。撃ったのは「N・E」のボスだった。マスターからウインチェスターを借りて一発撃ったのだ。その乾いた銃声で暴れまくっていた連中の動きが止まった。

「もういいだろう」

ボスの一言で全員の手が止まる。

「いいか。もういい。もうこれで終わりにする」

全員ボスを注目する。

「ガソリンも底を尽きそうなこの時代にバイクに乗っている物好きばかりだ。もう面倒なことはやめよう。どのみち俺たちがいくらアウトローを気取ってみても、もうすぐバイクには乗れなくなるに決まってる。今は面倒なことをするんじゃなく、バイクで楽しむべきだ」

　全員が鉄パイプやナイフを捨てる。

「どちらのＭＣが偉いとかそんなものは関係ない。これからも『Ｌ・Ｌ』であろうと『Ｎ・Ｅ』であろうと構わない。もちろんインディペンデントだって認める。いいか」

「偉そうにオマエが決めるな」

　もはや目の力が尋常ではなくなったプレジデントが、ひとり血が足りないとでも言いたげに歯をむき出しにする。その悪魔にボスは、

「まだやるのか」

「ああ、まだやり足りねえ。オマエら全員皆殺しだ」

　鉤爪を振りまわし、武器を捨てた「Ｎ・Ｅ」のメンバーを襲おうとする、その肩をウインチェスターで打ち抜く。

「そうだ、それでいい」

　撃たれても嬉しそうによだれを流す。全員がその姿に寒気を感じる。

「オマエだけは救いようがなさそうだ」

　ボスがプレジデントの額に銃口を当てる。

「おいおい、何をしているんだ。そんなとこ撃ってどうする。まずは両手両足だ」

そう言って糸を引きながらよだれを流すプレジデント。自分の痛みすら気持ちがいいらしい。

「これからオマエの頭の皮をはいで、頭蓋骨の上だけを綺麗にカットしてやるよ。そしたら脳味噌が丸見えで、でもオマエはぴんぴんしているんだよ……。どうだ、たまらないだろう。もっといいのもあるぞ」

「狂ってるな」

プレジデントの額に穴が開いて静かになる。

「時代がこれだけ狂ってるんだ。バイクの上でくらい楽しくいよう」

そう言ったボスの後頭部に、鉄パイプのフルスイングがヒットして、思いがけないほど甲高い音が響いた。倒れたボスは目と鼻と口から大量の血を流していた。

「何が時代の狂いだ、バカヤロウ。これが今の現実だろ。オマエよりもまだ変態大統領の方がまともだ」

「N・E」のボスを撲殺したのは「N・E」の幹部だ。

「メガGが殺されてるのにみんなを認めるも何もあるか。死んでろ」

最初の一撃で即死しているボスの頭部に、もう一度鉄パイプを振り下ろす。今度は鈍い音しかしなかったが、確実に頭蓋骨が砕かれ脳味噌の一部が潰れただろう。そいつはボスの手からウインチェスターを取り上げると、マスターにその銃を返す。

「こんな物騒なものは仕舞っといた方がいいよ。絶対に」

血が滴《したた》る鉄パイプを握り締めて、真面目な顔でそう言う。

また数人、そっとベストを脱ぎ捨ててその場を離れた。

冷たい風が吹き抜けた。

もうすぐ11月なのにやっと気温が20度を切る、そんな時代の顛末《てんまつ》だ。

最近ハーレーに乗れないなあ、と寂しく感じている貴方に捧げるあとがき

憧れだったハーレーに乗れたのは1995年。ともかく何もかもがワクワクとさせてくれる、そんな時間の流れの中にいて、その中でもＶＩＢＥＳはワクワクとドキドキの代表的な存在だった。

長髪にＤＥＮシェードでリジッドのスプリンガーに乗る登場人物はみんなカッコ良くて恐そうで、ミーティング会場の隅で呆然としつつも、いつかあんな風になれるだろうかと思っていたことを忘れない。

すべてのものや現象に波があるのは当然で、熱狂もあれば飽和があって、波が引くように熱がなくなっていくのは世の常だ。それでも引き潮が去った後の海岸にも実は多くの生物が生きているように、バイク乗りは自分たちの立ち位置や楽しみ方をしっかりと確立していて、あの熱狂の中で手探りでしかなかった「バイカー」という言葉をしっかりと噛み砕いて自分たちのモノにしてきた。

確かにワクワクやドキドキはあの頃ほど感じることはできないが、適応する能力のある生き物としては当然のこととも言えるし、ワクワクやドキドキは与えられるものではなく

て、そう感じる状況に身を置かなければ感受できないこともわかっていて、だからこそ旅先でのワクワクはいまだに膨らむばかりだ。

そんなワクワクを教えてくれたＶＩＢＥＳから最初の小説を出したい。ずっとそう思っていた。日本には片岡義男さんをはじめとする秀作バイク小説は多くあるけれど、バイカー小説は存在していない。だからこそＶＩＢＥＳを作り出した源という会社から、日本最初のバイカー小説をどうしても出したかった。

この小説にはたしてワクワクやドキドキが含まれているのかは読者の方の判断次第だけれど、この物語の主人公はハーレーに乗るのが大好きなバイカーの方々。そう、この物語に出てくる主人公たちは貴方のことだ。ハーレーに乗ることに喜びを感じるバイカーたちこそが主人公だと思って書いている。

最後に。出版にあたり御尽力いただいた只野さんとＶＩＢＥＳ編集部の方々に感謝を。手に取って読んでくれた読者の方にも大きな感謝を。そうしてこの物語のモデルになってくれたバイカーにも最大限の感謝を。

平成二十九年　夏の終わりに

大森茂幸

[著者紹介]
大森茂幸
(おおもりしげゆき)
1965年、神奈川県生まれ。愛車「ショベルヘッドFXEF大盛丸」で全国を旅している。料理人という一面も持ち、バイブズ誌以外に、道楽、ライトニング、ガレージライフ、岳人など多数の出版物に連載を持ち、幅広いファン層から支持される。巨乳に一家言を持つ憂国家でもある。

傘も差せない不安定な乗り物の上から

2017年11月15日●初版発行
著者●大森茂幸
発行者●只野利浩
発行所●有限会社 源
〒113-0033　東京都文京区本郷1-25-5　見学ビル5F
TEL 03-5800-3780 FAX 03-5800-3781
印刷所●文理輪転印刷株式会社
表紙写真●横島清二
イラスト●鈴木ミナコ
ISBN 978-4-904248-16-4